U0118128

黑齒

李碧華

目錄

第一輯

黑齒

阿C和阿D一邊看電視一邊大罵：「真氣人！朝令夕改！通通是狗官、庸官！」都入夜了，製造噪音不大好。阿C按住躁狂的男友：

「喂，輕點，吵到新鄰居了。」

「上回 Hi-Fi 開大聲了，都沒有抗議。」阿D道：「後來自己覺得冇公德，才校細聲。」

「人家忍你，自己別神憎鬼厭。」阿C道：「不看電視了，餓死了，去吃飯，限定10點關門，趕快！」

「有D分區好似改到12點，不過要嘟安心碼和打針……」

「一時一樣真混亂，根本冇人理，誰有空去計算？走吧。」

出門時遇到新鄰居去後樓梯倒垃圾。一見這女人，二人愕然……

女人的身形相當纖巧，她穿着和服——不，正確而言這不算「和服」，因為日本自幕府時代起所稱之「和服」，隆重而複雜。她身穿的，大概是現代日常起居衣着，浴袍或浴衣之類。

阿C是電影公司美術組的服裝造型助手，當然見識過。她自己還買過幾套，因為若在夏天遊日本，正值花火大會和盂蘭盆會，人們愛穿着浴衣上街去參加，棉質布料輕便涼爽——可惜呀！今年根本「冇得返鄉下」，這是所有日奴的哀歎，一年多了，還去不了日本……

「幸好鄰居是個日本人，視覺上日本化。」阿C心想，自嘲苦笑。

這個日本女人舉止溫婉，不過到後樓梯倒垃圾吧了，她還戴着口罩。在家也安全，何以口罩不離？多麼小心，但也過份自保。

香港人一回家就大解脫，大力吁一口氣，因為口罩實在折磨，戴足一年多？沒哮喘的也得哮喘了，在家中怎會自虐？

但日本人習性不同。奇怪的是，她手中的「垃圾」，並非一般人的塑膠大袋，而是一個方形盒子，袋好後還打個蝴蝶結。

即使是垃圾，日本人仍然保持着整潔美觀，絕不予人壞印象，更不會發臭亂扔，重視衛生，這點是可敬的。

阿C和阿D向她打了招呼：

「你好，搬來不久還住得慣嗎？」

她沒回答，是聽不明白也言語不通。這區屋苑有不少日本租客，有些是公司派來香港工作，一家三口的，主婦們都努力學一點廣東話，漸漸也意會。但新鄰居似乎仍未融入社區。

阿D向她道：「ohay gozaimasu！」

女人掩嘴一笑，已經有口罩了，不必掩嘴，不過這是禮貌吧。臉上抹上白粉的她道：「konbanwa！」

——原來阿D所道是「早安」，而正確的應是「晚安」，講錯了。

他訕訕的與女人道別。二人在電梯中，阿C取笑：「叻唔切！」

「好，我以後天天跟她學日語。」阿D故意：「她好白，優雅又溫柔，又有女人味，你拍馬追不上！」

阿C斥之：「你敢？」還是有點警覺的……

阿D見女友起了戒心，忙道：「你別呷乾醋啦，言語不通性格又唔夾，打個招呼都開口夾着脷。」又揶揄：「你想多了，證明好着緊我。」

「嗤之以鼻啦！」阿C不屑：「人家生活安靜，討厭你這開籠雀噪音王，免得要戴耳塞。」

「對了，又帽又眼鏡又口罩又耳塞又長袍裹身，根本不知道裏頭是什麼？如果脱掉所有，也許只是空氣——」

「你一日到黑想幫人除衫！賤男！」

「算了，女友一日到黑幫人着衫，我平衡番吧。」阿D又問：「最近那部戲開得成嗎？」

「下個月啦，不過都是5百萬貨仔的小品港片，冇乜卡士，服裝冇乜 budget——不過有工開好過冇工開。」

據知女友上一個 job，是個 10 間電影公司聯手合作的抗疫電影，演員多也有服裝費，各家夾 300 萬，合共 3,000 萬，加上政府資助 900 萬，以為可以拍部群戲，收益捐助電影業界受疫情影響生活困難的工作人員，誰料政府津貼不足，融資出問題，作為橋樑的所謂議員又窩囊，貓哭老鼠，怎能代表電影界……

阿C愈說愈憤怒：「我也是業界生活困難的基層呀！」

「別生氣，出了糧，我們吃完飯去 Donki 掃零食，今晚打機……」

去 Donki 代替「回鄉」，受困港人願望真卑微。但誰叫你「哈日」？

逛到很夜，捧回一大袋日式零食飲品回家，開門時隔壁有燈光，不過好靜。似乎電視也不開。

阿D小聲道：「初搬來時有小裝修吧，連令人心煩的電鑽聲也沒有，是密封狀態。」

「殊！」阿C進門：「人家尊重我們，我們也要識做。」

但夜來打機還是有點吵，死忍，互相禁制，別有情趣。

明明只一道薄牆之隔，是兩個世界。

雖說「各家自掃門前雪」，但同座同層的鄰居，也會關注點，何況是日本人？

這天下午，阿C拎着大包小包正想開門，鄰居門外站着一個人，按了一陣門鈴。

「趙生，有什麼事？」

趙生是管業處的，地下管理員一般事務未能與業主或租客聯繫，他們會跟進，十分盡責。

「找不到松平太太，近日煤氣公司已暫停派人上門抄錶，但附近有發生冒充者企圖入屋行劫疑案，下面管理員已提醒大家，但沒怎麼見到她，所以看看她會不會自己讀錶報錶。」

「哦。不過我們很少見到她，除了晚上倒垃圾。也不見她購物、煮食，說不定少用煤氣。」

「煤氣公司不知度數自己靠估，很多時估多了，次次沿用——」

正說着，門稍開了，只見日本女人像惺忪而起，披浴衣，頭髮散着，還一邊忙着戴口罩見人。

趙生因職務關係學過點日語，由他們溝通。

但好奇又八卦的C，趁機「用力」通過稍開的門縫窺望屋內情狀……

D很晚才回來，一進門便亢奮道：「我們去年曾聯署，要求譴責有份推動警暴的警隊前一哥，踢出舊生會，誰知被拒絕。好了換屆投票，過千人齊心合力排隊……搞到現在，好肚餓，吃什麼？」

男友D是喇沙仔，舊生千人回母校投票表態，眾志成城。他還道：「任何有得投票的機會都不錯過——起碼仲有得揀，香港很快已無投票活動了！」

日式百貨公司超市「台灣節」，C笑：「有麻辣鴨血豆腐鍋，和黑蒜蔥油拌麵慰勞。我們同陳同佳一樣：滯留香港去不了台灣，不過佢有公帑安全屋住。」

「喂，我剛才偷窺到隔壁怪狀——」C忽省得。

似乎睡至下午，女人來不及整妝抹粉應門，惺忪散髮披浴衣戴口罩。女人身後是古色古香家居佈置，傳統日本風格：所有東西保持低位：榻榻米、坐墊、矮桌、矮櫃……和紙窗格、江戶仕女浮世繪壁畫……窗帘擋住自然光——幽幽沉沉的。

「還看到什麼？」

「她是沒有眉毛的！而且……」

「沒眉毛？」阿D詫異：「是病到甩毛？還是剃掉？」

「不知。她還擦了一層白粉，連脖子也抹白了，口罩又覆蓋半張臉，沒臉色氣色可看。」

「說不定有病——」

「不是傳染病吧？」阿C閃過一絲不安：「住那麼近，高危！」又自我安慰：「日夜都戴口罩，也很整潔自律，或者是認真防疫而已。」

「幸好口罩供過於求，便宜！記得年初時還賣到三四百元一盒，現在滯銷，200間口罩廠大半得結業。」

「但隨時爆發第四波第五波疫情的，口罩還得戴一年半載。」

阿D打開背囊：「我剛才路過小公園，那麼晚還有個女子在派單張，貓也戴口罩……」

阿C拎來一看，是貓奴尋找毛孩呢：「啊她家的貓失蹤了，這『白白』真可愛，家人還重酬一萬元，看來好捨不得！」

愛貓的少女多附一張牠戴上貓貓腳印仔的口罩，怕牠受感染，照顧得無微不至。

「口罩更可愛！」阿C道：「寵物店真有生意頭腦。」

好了，端出麻辣鴨血豆腐鍋和拌麵，這一頓好台式。

「鴨血鍋一煮就OK。」

「唔，不錯！」阿D吃得香：「如果是一碗一碗的血，才噁心！我像是個吸血殭屍。」

「人家是調理好的了。」阿C笑道：「鴨血在台灣稱『紅豆腐』……」

吃着吃着，說着說着。

阿C忽大喝一聲：「好悶！」

真是受不了！這年多以來，誰家不是宅得好悶？老夫老妻似的，閒話家常，出不了門，也無處花錢，自由受壓，秋後算帳，港人面對失業潮執笠潮，高尚如空姐空中少爺飛機師也失業了。

「我好想飛！」

阿D咆哮：「最好打仗！沒過過戰爭日子，橫豎那麼慘，打仗啦！」

「躁狂症又來了。」阿C失笑：「你怕血又怕死，嚷嚷什麼？草菅人命的掌權者才愛打仗。」

——真是烏鴉嘴，三天後就「兵荒馬亂」了……

世上戰火蔓延的地方不少，但沒想過會發生在香港，或鄰近之地。雖然美中台日菲印……全都瀰漫戰意戰訊，劍拔弩張，展示武器威力，不過虛張聲勢，誰也不想付出那麼大的代價——又無一矢中的「斬首」行動，都是平民百姓受苦。

想不到的，是戰爭沒爆發，但阿C和阿D他們卻要「走難」！這晚，火警鐘聲大響，人人都開門緊張探問、逃跑。是的，「兵荒馬亂」，倉皇失措。

他們住8樓，10樓有一戶，不知是什麼電器短路引發火災。高危易起火的，多是冷氣機、抽濕機、微波爐、電風扇……近日還有氣炸鍋，是2020~2021年人氣家電，可以減少油量攝取，飲食健康，正因為疫情，很多人選用之留家煮食。不管什麼電器，共用插座、長期使用、散熱口受阻、髒污弄濕，都易短路失火。

「失火了！用濕毛巾掩口鼻，快往下逃。」他們拍着左鄰右里的門：「別坐電梯，走後樓梯。」

大家合力把走火通道防煙門附近的雜物踢開，幸好還算暢通。正把防

煙門關上以阻止煙火危險，有人推開急忙加入走難大軍。

是松平太太。

慌亂中，都只是隨身背囊包包，家居衣着，踏着拖鞋。被拍門警示的日本女人，平日再優雅，「執得好正」，或是正在晚餐，此刻也顧不了身世，逃生要緊！

她還是赤足跑出門的。

忽促間髮髻散亂浴衣腰帶沒束好，被人踩到下襬，向前踉蹌一跌，阿D見狀馬上扶住、穩住。阿C正想照顧一下，打個照面，三人一起呆住了！

——在非常時期，緊急關頭，沒有裝飾，沒有防備，來不及戴上口罩，來不及保守秘密，松平太太如圖窮匕現。

一張慘白的臉，眉毛剃掉，白粉狼藉。本來豆腐般的皮膚，血紅小嘴沾着幾根白毛……滿口墨黑的牙齒……就像從江戶時代壁畫中走出來的，淪落了的古典美人。

「Sumimasen！」道歉中的她馬上掩上嘴巴，也馬上向前方逃去，很快，不知所終。

阿C和阿D一生都沒見過那滿嘴黑齒，是多古老年代的「造型」？一時間目瞪口呆，面面相覷，受驚說不出半句話。

整個後樓梯的逃難鄰里，也不知發生什麼事呢？

火警鐘一響，消防局已有聯繫，滅火救災的人和車快速趕至，火勢不算嚴重，10樓住客疏散，其他樓層若無直接影響，可於數小時後回家。

他們回到8樓家時，驚魂已定。火已撲滅，濃煙只上冒，樓下無恙——但另一恐怖疑團仍然困擾。

松平太太的秘密！

就在隔壁，現又失去蹤影，到底是怎麼一回事？

「『松平』這姓氏不常見，松平太太什麼背景呢？」阿C和阿D上網搜索：是這樣的——

在日本，姓氏也分貴族和平民的，尤其是江戶時代，姓氏往往是貴族的象徵。即使日本姓氏眾多，全國加起來超過13萬，幕府時代持續近700年，江戶已是幕末了，十大姓氏的「貴族」霸氣也漸冉，但瘦死的駱駝比馬大，正所謂「爛船都有三斤釘」，別說源氏、平氏、藤原、豐臣、井伊……了，「松平」始於室町時代，於幕府時代為「德川」姓氏的起源呢。

「原來是曾經的貴族、豪族，富甲一方。」阿C道。

「你也曉得說『曾經』了，可見是過去式。」

日本由一萬年前的繩文時代、彌生時代……飛鳥、平安……安土桃山、江戶、明治、大正、昭和、平成，到2019年改號令和。

日本女人化妝術高明，今時今日他們的藥妝店和名牌化妝品專櫃仍是港女（和全球女人）趨之若鶩的「回鄉」必去處。

但古老的妝容同現代相去甚遠。

江戶時代，女人剃眉毛（在光禿禿的上方重描短而淡的眉）、擦白粉（臉、脖子、肩膀……都白）、塗紅唇、染黑齒。

「知道怎麼弄嗎？」阿C道：「原來她們用鐵鏽黑漿水，以羽毛、筆刷在牙齒上塗染，直至滿嘴黑牙——」

「酷刑！究竟有什麼用？」

江戶時代（1603-1868年，寬永、元祿年間），或者更早至平安時代，這千百年的日本，何以貴族中有「唇紅齒黑」的習俗？匪夷所思。

這鐵鏽黑漿水塗染在一口白牙上，哪有美感可言？但當年貴族女子不染黑齒，就嫁不出去了。

「這不但是美的標準，還起到防止蛀牙的作用——其實滿嘴苦味腥味，自己難受旁人也難過，還慘過蛀牙口臭！」阿C裝出扭曲臉容：「不知當年是否強制檢測？有政治目的？還是基於妒忌攪炒？」

我不「美」，於是人人都不准「美」？真有這種毒婦的。

「或者『層次』高一點。」阿D憑男性的角度理性分析：「這習俗趕絕『長舌婦』，讓她們發言小心謹慎一點，忠貞收斂，別污染人家耳朵也污染市容。試想，女市長染了黑齒，還可囂張地說謊話說大話自誇？媚主賣港？一張嘴像墓穴也像黑洞，老公也嚇死了。」

「說不定早已嚇死——不管白齒黑齒，都好過無口齒！」

二人在受驚一整晚後，竟也可以「迅速復元」，真是香港人的堅強特性。

世界光怪陸離，再想像不到的詭異事天天發生，難以言喻的物體就在你我周遭，防不勝防也不防了。港人最慣常的應對是「煮到埋嚟就食」，還有「撻到上牀就瞓」，還有「送到上門就收」，還有「攬到一齊就炒」……

可見是逆境困境中的修為。

「你猜松平太太有幾歲？」

「你猜她是鬼是妖？」

「你猜她來港多久？如何維生？何以無人發現秘密？」

幸好有疫情相助，人人都口罩蒙面，她才過得自在點吧……

但這避免被時代識破，在歲月中流離，在異鄉飄零的古代貴族，靜好日子不小心被一場小火結束了。管業處說她退租了，不知哪去？代理人安排好給業主賠償協議——代理人？這富裕「團夥」有多大？

阿C還記得她紅唇黑齒旁沾着幾根白毛，還有，搬運工人清場棄物時，角落中漏掉一個貓貓腳印仔口罩——白白，和無數的主人，永遠找不到當了晚餐的貓貓了……

失髮

Timmy 以擁有一頭烏黑濃密，光澤又滋潤的長髮為傲。

別以為女人關注秀髮，男人也心知肚明，正所謂「一葉知秋」，一旦頭髮出現稀疏、脱落、生長「遲緩」的情況，你就步入「遲鈍」的阿叔群組。千萬不要讓人見到你的頭皮，髮線後移基本上就是頭皮面積大暴露，「地中海」就更是悲劇，barcode 頭幾根珍貴的髮絲險險橫亘在光禿禿的額前，碩果僅存但生死未卜，「條碼」還慘過極權政府強制你掃描的「健康碼」、「安心出行碼」……因為後者是擾民政策，前者就人前獻世，我見猶憐。

這樣說並非令人難過，而是每根頭髮雖輕如鴻毛但又重如泰山，缺一不可——一不離二，二不離三……實是無底深潭。

對 Timmy 而言，長髮本來是「生招牌」，因為他是區內頗為出名的髮型師，日子有功，也成頭髮營養師，不少注重外表也關心內在的客人，都會接受T的建議：

「你精神壓力過大，再熬夜就負苛不了，第一件事是與『失眠』拜拜，睡得足，頭髮也好些；跟住少煙少酒⋯⋯」

「肝藏血，髮又稱為『血之餘』，當肝腎滋補，氣血運行得好，頭髮就會濃密。煲湯好容易的，總之烏雞、黑豆、黑棗、黑芝麻、何首烏⋯⋯這些『黑擝擝』的材料，一定有益。」

談笑風生還提供護髮妙方，男客女客都喜歡他，上髮型屋除了理髮，也享受一段細意侍候身心放鬆的辰光。

——可惜雙方的好日子已一去不復返了。

正如香港人的好日子已經溜走無蹤一樣。

社會運動、政治打壓、白色恐怖、防疫政策連番失誤、疫情大爆發⋯⋯種種因素，大家很窮，T的髮型屋關門了。朋友有間小店，倒閉邊

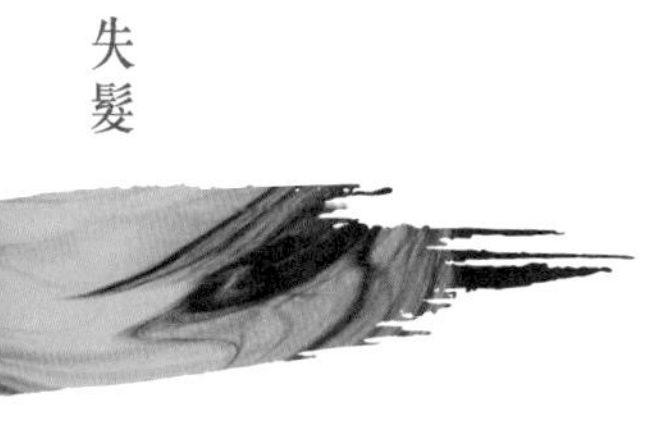

緣，幸好T捨下身段，到他處「掛單」合租，靠WhatsApp熟客光顧，苟延殘喘吊命好一陣。

他沒想到晚上竟然有怪遇……

虎落平陽，再受歡迎的髮型師，今日洗剪吹還得掃髮倒垃圾……一腳踢。Timmy的長髮也無力飛揚，只隨意紮在腦後，方便幹活。這晚客人遲到，所以他遲收工，拍檔離去前道：「這幾天附近有賊入屋爆竊，現今那麼亂，政府和警察全力白色恐怖，做世界的就是睇死冇王管。」

別說爆竊，當街搶劫、追斬、強姦的案件也多了。

收拾好一袋碎髮，拎到後樓梯垃圾桶。以前舊店生意好，天天都有幾大袋，剪下的髮屑有清潔小妹打掃乾淨，熟客有時拎盒蛋撻上來，一邊請大家食一邊等——那時上Salon是要等的。

而且某些還很貴，香港神級髮型師「金鉸剪」，客人都是巨星名人富婆，收費動輒五、六千甚至逾萬元剪一個頭，還寸得不接新客街客，熟客介紹也要預約3個月……紅星很執着，長期指定髮型師：「我唔准第個掂我一條頭髮！」——這就是雙方的氣派和身價。

Timmy當然沒這身價，但亦紅火過一陣，從前也靚仔有型……算了，所有繁華興盛已成過去，多想無益。

還沒到後樓梯，忽然那門打開，有人出來，伸手：「先生，這袋垃圾給我吧。」

看不清是誰？人人都戴口罩，這人還戴着一頂蓋了上半張臉的帽子，還有墨鏡，裹得很密實，看來對肺炎病毒十分警惕。確診者日日三位數，大陸疫苗成效存疑，唔驚有鬼！

或是新來的清潔工，聽聲音似是個年輕女子。失業者眾，馬死落地行，什麼工也得做着——有工開已屬萬幸了。

他把垃圾袋遞給她：「唔該晒阿姐。」

回店正想鎖門離去，啊還有一袋，是外賣飯盒殘羹和潑瀉的奶茶，再走一趟。拎到後樓梯，垃圾桶爆滿，雜亂，咦？那位阿姐不在，剛才的碎髮垃圾袋也不見了。

奇怪……

就在此時，他隱約聽到一些咀嚼的聲音：

「㗩㗩——㗩㗩——㗩㗩——」

像塞一大把碎紫菜或乾的即食麵，快速的吃，中間沒有停頓，餓極了，急不及待……

不在這一層。Timmy 在後樓梯往上一瞧，往下一瞧，問：「誰？」

「㗩㗩」之聲驟停。剎那間一切靜止了。是趕緊逃離？還是突然消失？

——這樣說有矛盾，「人」才趕緊逃離！「異物」才突然消失。不過無論哪個說法，在這樓上樓下的垃圾堆中，又有什麼好吃的？

不得要領不知底蘊，T也只好關門上鎖，離開這掛單暫寄的小型Salon。

他當然不知底蘊——樓梯轉角暗處，遺下那碎髮已被「幹掉」的垃圾袋，真美味！太好吃！如飢似渴久旱逢甘……是的，理髮生涯不景，大小髮型屋都執笠了，找了一處又一處，今天晚餐也算不錯！

她是個廿多歲的女子，上班女郎，從前，也曾留着烏黑亮澤的長髮，引以為傲，怎也不肯剪短，每次上髮型屋，都千叮萬囑：「只修半吋，不准多剪。」

若干日子之前，當她仍未淪為「異物」，仍是個如常作息玩樂拍拖友聚的女子，加班晚了，回家媽媽給她熱碗雪梨蘋果木瓜雪耳豬腱老火湯的乖乖女。

那個晚上，是她永遠忘不了的慘劇：——

下班回家走過每日必經之路，暗處突出現一個健碩的男人，「截查身份證」，她覺得奇怪，既無活動又非可疑，這一帶只零星路人，而且眼前無出示證件的男人究竟是警是賊也難分？所以她回頭就走，那「冒警」的男人追上，箍頸掩嘴暴力擄至橫巷，一邊毆打一邊逼近牆邊那堆廢棄建築鋼筋鐵枝上，意圖強姦……

不知如何，奮力掙扎時長髮給捲進，當男人把她猛力推倒在地時，長髮纏住堅硬之廢材無法解脫，「嘞」一下，大片頭髮連頭皮被撕扯開，鮮血汩汩而下，二人呆住，她受驚得忘了痛楚，狂喊：「我的頭髮！我的頭髮！」

那些鋼筋鐵枝石屎硬塊又糾纏又重疊，而且很重，只會愈扯愈緊，頭髮連頭皮也就愈撕愈開……

你們以為悽厲的畫面和慘叫中，那意圖姦劫的男人會逃之夭夭？

不，為了禁聲、滅口，那男人即時拎出一根堅硬無比的金屬棍子，向她狂扑……直至倒地不起，全場寂靜，才施施然離去——暗黑作業太有經驗了，而且港九十八區，久已沒有軍裝警察行孖必了，市面治安日差，牛鬼蛇神蛇蟲鼠蟻都放心行事，正邪莫辨也罷，那兇徒是誰？永遠無人得知。

年輕夜歸女子，飛來橫禍，不及細想、回憶、前瞻，這一生就完了。

翌晨，橫巷有垃圾婆開工，才驚見傷重身亡的女屍，還有地上那被血漿成一團、一餅的物體……嚇壞了，那不是一個假髮套，而是真真正正的長髮，渾沌一片。

死因可疑？當然，又如何？即使家人久候失聯報警，「她」的名字沒有公佈，只是個「失蹤人士」。

抓不到兇徒，不能繩之於法，說是「法治社會」？如何還死者一個公道？

自此，本城垃圾站，尤其是髮型屋附近的垃圾站，就多了一個來撿拾晚餐的異物，失去一切記憶，只求吃些真正的人髮碎屑，可以果腹、吸收，以補愛美的她，那失去的頭髮，和生命。

誰知經濟不景，「理髮」已是生活中奢侈之事，人們連過日子也艱難，頭髮長了、參差了、髮型追不上潮流了，有什麼大不了？沒心情沒時間沒錢，為誰修剪？口罩一遮，人人都千篇一律，再無特色性格容貌可言。

資源有限。

正是吃了上頓，不知何時有下頓。疫情爆發禁令嚴苛，各行各業小店都九死一生了，Timmy一樣苦惱，客人少了，坐冷板凳，廣發WhatsApp「問候」招徠，也只能隔一兩天開工。

這晚收工等電梯還沒到，冷不提防身後影子一晃，還沒看清楚，已有異動……

耳畔「咔嚓」一聲，有人把他背後的長髮剪了一綹，迅即逃離。

待他轉過頭來，除了地面尚餘幾根長髮，好像什麼也沒發生過。

Timmy目瞪口呆，難有反應。

當然，他此生都不知道誰下的手？

剪他長髮又有何用？只療一時飢餓，下回何去何從？

在人世間，人和各種異物都只是過客，萍水相逢，如何追認？談不上真相——很多真相是無法大白的，埋沒在暗黑中。

但，實在太難看了。

他閃閃縮縮避人耳目的回家去，沿途怕有人見到醜態，雖然他是無辜的受害者，無處申冤又無地可躲。

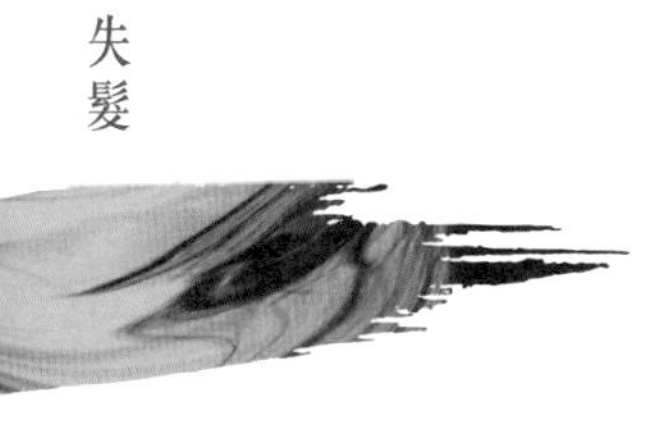

翌日回到髮型屋，拍檔 Tony 也是個手藝不錯的髮型師，但一見他脫下帽子的情狀，亦忍俊不禁：

「那麼怪相，中間冇咗一執好岩巉，冇得救！」

「盡修啦。」

「只能以最短的長度為標準……」

「算了算了，索性轉型，剪短吧！」又道：「清爽易打理。」

「別自我安慰了。」Anthony 都為他難過：「留了很久悉心打理的註冊商標，不心痛嗎？」

「心痛又怎樣呢？」他苦笑：「現實是：被破壞了，再不捨得也要善後，想辦法解決，否則如何見人？」

「賊有『劫財劫色』，哪有『劫髮』的？」Tony 一邊修剪一邊道：「不知道的人還以為是『鬼剃頭』。」

「哦，『鬼剃頭』不同，那是禿斑或者圓斑，一覺醒來突見部份頭皮小區失去頭髮，像一個一元硬幣大小，還以為昨晚睡着了被鬼剃頭——其實是免疫系統及情緒出現問題，影響頭髮健康，可以打針食藥或搽上特效藥。」

「所以你只是鬼剪髮。」Timmy是有心得的。

「鬼要人的頭髮幹什麼？」納悶：「匪夷所思。」

看見因一樁莫測的「意外」，導致滿地落髮，不是不肉赤的：「如果脫髮還心甘命抵，自己負責。」

Tony忽道：「說也奇怪，這大半年來，我經常脫髮——我是幹這行的，也不明所以……」

脫髮總有科學醫學上的理據，成因包括了：遺傳、荷爾蒙影響、營養不足、藥物影響、缺乏某種維生素或礦物質、甲狀腺功能減退、束髮太

緊、疾病、化療……

「×！」Tony 斥之：「我鬼打冇咁精神！」

「那麼只剩一個因素：老。」Timmy 嘲人也自嘲：「年紀大了，新陳代謝也有點錯亂。」

「一般人每天都會脱髮 50~100 條，這是正常的，我們也這樣安慰OL和師奶客。」Tony 憂疑：「但像我和朋友們如此大規模脱髮，是不正常的！」

回家看父母及給家用時，發現老人家戴上帽子遮蓋，妹妹也因脱髮煩惱剪了短髮型；問朋友，不約而同抱怨；連路人們也開始把頭臉全屏蔽般，不想見人……詭異！

當頭髮一根一根，脱落不復返時，才知珍惜，才去追溯因由，已經太遲。但全城恐慌，人人洗頭梳髮都如打仗，傷亡慘重，難道只是「壓力」？

當然不。大半年以來急劇的變化，是各種毒素、負能量、魔咒。白色恐怖、政治迫害、莫須有罪名、五花大綁、移民、流亡、重囚、殺害……還有假劣毒的食物飲品和水……

人人只求自由自在，平平安安作息？不可能。

這已經不是一個暗處遇害無名女子的冤屈，而是全港市民身受。

當人人大量失去頭髮，成了風俗習慣，他們失髮，而且失法；他們無髮，而且無法，帽子一罩，不見天日。

在法治社會，沒有法律制衡，不怕天道報應，就是「無法無天」。

Timmy 今晚洗頭，一沖水，盡是脱髮，一梳，脱得更多。

他大吃一驚：「難道要成禿子？」

失去家當、失去前景、失去工作、失去公義、失去快樂、失去自由的小市民，想不到連自己僅有的頭髮，也失去了……

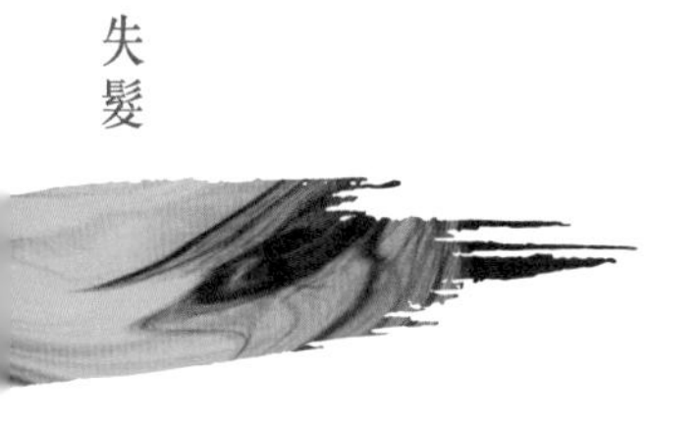

求你綁緊我！

因為公司這個項目要趕工，設計師蘇志全和方子晴，近幾天都要開OT，夜裏做圖。

大型屋苑旁的商廈，有不少裝修設計公司，競爭也很激烈，而且近期樓市淡靜下挫，接到job，一站式裝修服務，不算大客，但亦踏實一點的業務。

一旦移民潮爆發，香港人再也回不到從前，還會改善居住環境質素嗎？還有人肯花錢花心思重視一個「家」的享受嗎？

今日大家都着重口袋中餘錢，不敢浪費，遑論豪擲，他日更怕經濟不景坐食山崩。

「我們工作性質其實是『奢侈』的啊。」方子晴苦笑：「大陸豪客都不來了，富二代官二代的風光，也是本行風光——」

「風光不再？」蘇志全一邊在電腦移動設計細節，尋找更多「空間」

尺寸，一邊安慰她：「我們仍有工開，不知比多少人幸運了。」

十七樓和五樓都有同行因客源大減生意太差，結業的結業，把兩個打通單位濃縮為一個支撐着，租金是大問題。

子晴和志全這家有工開，怎不加把勁？得感恩！

「想想，有些人沒家，有些人沒屋住，有些人連飯也吃不上……有些人甚至喪失生命。」志全道。

把晚飯和宵夜外賣帶到工作間，長期抗戰。

商廈本來就靜，下班後更一片冷寂，只幾家尚有燈光，各自為政各自趕工，管理處的炳叔值夜，看YouTube KOL議政論事，又過一晚。他有工開也很感恩。上月他住老人院的大伯感染肺炎去世，半身不遂尸居餘氣（一如庸官政棍），他也不想活，「好死不如賴活」？竟然也熬到78歲……

怎麼人人潛意識都牽涉到生死？尤其是猝死已成「常態」，老一輩「唔好講呢D」?也不忌諱了。

「咦?」子晴停手:「你聽聽,這是什麼聲音?」

咔——嚓——力——勒——

正集中精神電腦工作的蘇志全沒留意。抬起頭來側耳一聽:「有一點點,是冷氣機抑或什麼機器雜音吧?」

「不——這些聲音不規則,而且像在……動……」

咔——嚓——力——嘞——

二人靜默再細聽,真的,有堆硬物,下墜後散開,在聚攏、移動、支撐……忙向窗外一瞧,靜夜,附近只有街燈,屋苑行人少,過了12點,回家的早已回家了,只有打工仔還在開OT。

而這砌合重組的奇詭聲音,一陣子又聽不見了,彷彿從未響過。

他倆疑惑地彼此安慰:「是太累了,一起幻聽?」

忽聞巨響：啪噠！

一下物體落地撞擊之聲，才一下。更駭人的，是有微弱女聲，在哀哭：

「求你——綁緊我！」

二人心寒對望，這回真聽見了。

「……是跳樓嗎？」

「求誰綁緊她？為什麼要綁緊她？是日本色情SM嗎？」

又再急急趴在窗邊四周察看，每個窗口都望不到任何異象。

「問保安員去。」

志全正待下樓，子晴馬上道：「要去一起去。」

就怕孤單留在公司，四野無人，又有哀求聲……

管理處炳叔關掉手機拿出手電筒，和他倆四下查看——什麼都沒有

呀，如前一樣，靜悄悄的，連他們的呼吸鼻息也一清二楚，哪來哀哭求救的女聲？

「沒事的。」炳叔好像急於進去：「別理，快回去開工吧。我在這做了近10年——」

話還未了，那「啪噠！」巨響又重複一遍，三人毛骨悚然。

在地面，停車場附近的馬路，有堆「物件」。

不是墜落的貨物，是一個散了架的「人」，全身骨折，各向不同方向撐出皮肉，脖子半斷，頭也歪向一邊了，用盡全力瞪着他們……

馬路是水泥地，停車場日中無數車輛出入，只因已在凌晨時分，格外寧靜。所以，那咔——嚓——力——嘞——的聲音格外清晰。墜物是個年輕少女，粉身碎骨，血肉模糊，肝腦塗地，一如雞蛋撞石頭，肋骨外插，四肢骨折，手腳都錯位拗曲——但仍努力不懈地，自俯伏地面的慘烈姿態，奮勇抓爬撐起身子，碎骨「重組」嘞嘞連聲……終於勉強回復人形，把脖子半斷歪向一邊的頭顱扳扶正位，蹣跚跌撞，向三人哀哭：

「求你綁緊我……」

之後，如電源不足，熄機，這短暫的影像消失了。

三人僵硬地面面相覷，來不及逃跑。已落幕的恐怖片？不，原來這亡魂炳叔前曾見過。

是一段哀痛的歷史：

廿多年前，這裏是個遊樂場，機動遊戲有「過山車」、「海盜船」、「衝上雲霄」，當中最多人玩的是後者。《乘客須知》也告示：「乘客必須綁緊安全帶，小心上落起坐，以免發生意外」。

當年，13歲的花季少女，在下午3時30左右，機動遊戲開啟，衝上最高處，力度猛，安全帶斷裂，安全壓槓未有效緊壓，少女被拋出車外甩上

半空，毫無預兆，「啪嗟！」一聲生生摔死。

少女是家中獨女，志願當空姐。晴天霹靂，官司也打了一段時間。遊樂場封鎖，因死過人，自此一蹶不振，不久結業、拆卸、改建，成了住宅區和現代化商廈，把前塵抹走，無人記得……

「沒事的。」炳叔：「如常工作生活便可，這只是殘留世上最後的記憶，不斷重複。你不犯他，他不犯你──我當保安幾十年，各區常見的，不用怕。」又補充：「農曆七月猛些吧。」

各人收拾心情開工去。

炳叔有沒說的話：──27年前，他31歲，當遊樂場的保安。那天，有職員協助乘客繫安全帶，少女笑道：「太緊了，勒得好疼，放鬆一點呀！」職員也就順從，炳叔巡視望了一下走開了。懊悔沒堅持讓她守規則，不久，身後傳來一聲慘叫……

殺雞

人們聽得《牝雞司晨》這個故事，都嗤之以鼻，認為是亂掰的，世上哪有如此蠢鈍之人，買回來的東西不稱職用不上，還砸了局。

——但，這是真的。大家聽古不要駁古。而且也追溯不到那麼久遠的傳說。

真有趣，據說最早最早，不過是一名殺公雞的懶漢，他也瞧不起牝雞（母雞），心目中那不過是交配下蛋的工具而已。

一個人懶，貪睡，不務正業，除了能力有限智商低之外，還得有點家底，否則坐食山崩，負債纍纍，這名二世祖恃着遺產積蓄，便游手好閑，睡至日上三竿才起床。

僕人從市集買了一隻公雞，好給母雞交配——但這公雞一大早就喔——喔——喔——」打鳴，把懶漢吵醒，他惱恨擾了好夢，不分青紅皂白把牠殺了，命人到市集另買一隻。

第二天又被吵醒了，他氣得把牠殺了……如是者一連殺了五隻公雞。

公雞本來有天天打鳴之習性，一見天亮就啼叫，十分準時，壓也壓不住，殺也殺不完。

作為主人，當然大條道理：「我不能早起，清早把我吵醒影響我睡覺——不過是禽畜牲口，不應該有自己的想法，談什麼習性？主人才有習性，就是何時需要牠們便何時啼叫，讓我聽得高興。」

鄰居慣於早睡早起幹活去，也很感激這雞啼報曉：「打鳴是公雞天職，不會打鳴或者在錯誤時辰討你歡心打鳴的才是次貨。」

主人橫蠻：「我不管，牠是來打種，不是來打鳴的。」

「那，你不能用另一些方式來解決嗎？」

「有呀，我曾想割斷牠們的喉嚨，矇蔽雙眼不見光，又打算把牠們的尖嘴給紮上或用膠帶綑牢，這不就啞巴了嗎？——但太麻煩了，還是殺了省事！」

「大開殺戒你不怕後果嗎？」

鄰居試圖勸說：

「比如改變一下睡懶覺的習慣——」

「這不現實也沒道理，我是主人牠是奴才。都睡了幾十年，要分莊閒，哪有改變的餘地？」強調：「買一隻雞，理應滿足我的要求，怎可對着幹？」

「但你家的公雞都很好，也很盡忠職守，如你不合用，可以送人或放生，何必雙手沾血？」

懶漢對殺戮並不放鬆，還洋洋自得：「我買的雞，就是我的附屬物品，有權處置，牠們不符合我要求，愛打愛殺怎麼着？還能報仇嗎？」

適者生存，不適者淘汰，屬天然規律，但每回都涉及殺害，也是造孽。

主人始終找不到一隻合心意又合時間的公雞。

「咯咯——咯咯——咯咯——」

忽聽得角落有隻等待交配但無雞理會的母雞，人家是叫春，牠是膩着嗓子吸引主人注意。看來目的不是打種下蛋，而是另有野心了。

「咦，這雞啼倒是乖巧。」他一瞅，牠連忙擺出媚態，吸引視線。

雖然母雞有點 dry，欠豐腴體態，毛色也很一般，但表現得忠心，只向着主人嬌啼，十分崇拜，彷彿道：「主人你一言一行愈來愈有魅力，愈來愈令人敬仰，人們說我擦鞋討歡也不在乎，主人就是我的偶像！」

「唔，果然識相，襟撈！」主人給予「試用期」。

這母雞見到第一線曙光時，並無喔喔大叫，只是咯咯嬌呼，有時赫赫冷笑，有時窸窸哽咽，放輕嗓音還似催眠，主人不會被吵醒也就不用起床

了。正事都拋諸腦後。

見「牝雞司晨」原來如此識趣，無戰鬥力又乖巧聽話，從不自立逆意，主人高度信任，充份肯定，就讓之擔當報曉之重任。

——直至有一天……

懶漢作為主人，竟使牠不動了。

牝雞司晨得蒙恩寵？那所謂「高度信任，充份肯定」何止有眼無珠？還尾大不掉！並非每隻母雞都如此不安份，但霸王雞乸就突出了。

牝雞心想：「我與眾不同，我地位高，取公雞而代之，雖無『雞巴』卻是『雞霸』，戰意日濃，總有一天變鳳凰！」

自從「雄雞一唱天下白」沒戲了，長夜告終東方破曉的呼喚聽不見了，代表黑暗、惡勢力、厄運、鬼魅的長夜，與光明交接點變得含糊——日夜、明暗、是非都分不清了。

而這被昏庸怠惰的主人另眼相看之牝雞，開始目空一切，奸笑連連，作威作福，不但欺凌同性，還向公雞挑釁，更向天真無邪只「吱吱、吱吱」稚響的小雞下手，迫牠們順從，無從逃躲……

後來，主人發覺自己也受愚弄：不是狐假虎威，而是雞姦人意，假傳聖旨，搞到雞圈一團糟。

主人無能，好歹是掌刀人類，殺雞何須費時三思？不高興了，「咯咯——咯咯」也就成了絕響。

「牝雞司晨，惟家之索」，女掌男權陰陽顛倒，導致「索盡」，國破家亡，人雞都是加速師。

他多次殺雞，不能噤聲，更阻止不了天亮。把心一橫，為了好好睡懶覺，不受陽光影響，他着奴僕造了一大幅黑色窗幔，遮擋外面的晨光曉色，索性自閉起來。

某一天（或某一晚），奴僕發現主人遍體鱗傷奄奄一息臥床不起，急忙送院。但兩家醫院都因病症不明拒收，囑家屬準備後事……

他在那日夜難分豪華舒適的臥室中，有時忽然頭痛難受，有時又渾身銳疼，傷痕詭異——那五隻枉死的公雞魂，站在他頭上，抓進他頭皮腦門，或是用角質硬喙向身上亂啄，貪睡的人再也睡不好，承受他殺業的報應。

電話亭

時代轉變了，手提電話普及，電話亭已成歷史文物。

香港仍有千多個電話亭，部份陸續被拆走，部份苟延殘喘，遲早被淘汰。因為很多已淪為吸煙亭、儲物亭、避雨亭、街站……和垃圾站。

當然，手機冇電，網絡失靈，無法正常撥打電話，有時亦為了危急救命之用，不過普遍而言，口袋中即時掏得出一個一元硬幣者也不多，還有，手機方便，誰也不會記得電話號碼，正如人人的記憶力隨科技發達已減弱，甚至失憶。

不知何時起，鬧市中，十字路口旁，這座乏人問津的電話亭，有人侵佔了。

「這個廢亭很髒。」附近街坊道：「長時間沒人幫襯，聽筒污糟，顯示又模糊，我懷疑根本已打不通，甚至有蜘蛛網！」

有在對面超市買完餸菜生果的師奶加把口：「有蚊㗎，想話避雨？先畀蚊針，惡毒大蚊嚟，畀我就唔會入去，一秒都唔想。」

說來完全不是什麼街道風景歷史回憶。當空置時大家都視若無睹，但有人侵佔，不免好奇，八卦一下誰那麼「青睞」？

其實是個老頭。

不知他無家可歸還是不願同家人共處，從某日開始，就睡在電話亭。但電話亭這公用的狹小開放空間，看通看透，即使蜷縮而睡，肢體也略伸到街外，老頭矮小佝僂，可是怎也不夠位，他晴天或雨天都睡得香，雙腳伸直了不自知，一時紮醒，驚覺地望向十字路口來往的車輛和行人，沒事，便繼續尋夢。

老頭沉默、安靜，看不出邋遢，衣着樸素行李簡便，沒有臭味。他進駐電話亭時亦略作清理，到街尾賣魚蛋煎釀三寶的小店取水借布，人家見是阿伯，都盡量方便。有些路人見此情狀，會給他零錢、食物、和口罩

——這個很重要。

老頭看似有點學識，他長駐於此，看報、寫紙條、開餐、打坐、冥想、聽收音機，自得其樂。

人、地、亭合一，四周貼着紙條，無人知悉身世，透着神秘……香港人都好得閑，總有路過的街坊八卦這陌生「亭長」，因為他收音機聲浪也隱約傳出。

「今時今日還聽收音機？手機都有粵曲聽啦。」

「你別說，手機要叉電，否則是廢物，收音機入電芯就得，更方便。」

「喂！阿伯竟然聽《哥仔靚》呀，就是『哥仔靚　靚得妙　哥仔靚咯引動我思潮……』。」

「唔係，係紅線女呀。」

也許只有這些一把年紀的師奶才對那《餓馬搖鈴》曲子以及紅線女有

回憶。電話亭中老頭仍沉醉在《一代天嬌》……

「唉吔悲聲呼叫似鬼調　悲聲呼叫　過峽上山行橋　臨崖遠眺　野嶺悄悄　徒獲得一片寂寥　唉心驚哥哥佢有不妙　深驚哥哥中計　中伏葬山腰　不死都也難療　金甌永缺　百姓沉淪　葬魔潮……」

曲詞預兆淒涼，有死象，帶寒意。粵曲和獨特的紅腔當年風靡一時，不過此刻無人記取，紅伶亦已逝世（2013年）。此曲時代背景不明確，因涉「秦晉相爭」，或在春秋時代……總之生死滄桑。

老頭閉目隨曲詞跌宕，聽了千萬遍仍心焉嚮往，真是聽出耳油了。

「喂！」來了一個莽漢，都五十多，朝電話亭叱喝：「我忍你好耐嘞！」

老頭微微睜眼一看：「老哥，唔好意思，聽曲大聲咗D。」

「我唔係話你D古老催魂曲，我係話你點解搞『流膿牆』！」

白衣人聲大夾惡，指着電話亭，這三塊長板（沒有門）已被貼上好些五顏六色的紙條，一些寫時間，一些寫地點，一些寫人名或綽號……

「電話亭是公家嘢，你霸住晒仲貼紙？分明係港獨！」

鄉音話還未了，竟然血氣上湧，粗暴闖入這狹小空間，猛力撕走亂抛亂扔，電話亭四下都是紙屑。

「『流膿』吖嗱！我幫愛國同胞清理垃圾！生人霸死地？走呀！唔走我報警投訴㗎！」

殺紅了眼的莽漢，根本不知內容，更不知詭異地，其中一張紙條，上面竟有他的名字「林細九」……

「我要同你傾幾句——」老頭說。

「你唔駛求情，我趕硬你！」他什麼也不聽、不理。

這個兇巴巴的白衣人顯然不是土生土長香港人，聽他鄉音便知，不知如何，他來自大陸，在香港生活諸般不滿——但又不投奔祖國懷抱，反在此對付爭取自由人權的香港人，拆毀「連儂牆」高手，不但識為「流膿牆」，還要守護的年輕人流血！

駕輕就熟冇王管，先大罵後大撕大拆大毀，甚至帶備生果刀和尖錐傷人。

「你這老嘢，分裂國家，宣傳港獨，破壞香港安定繁榮……」真是順口溜。

老頭忙道：「這不是什麼連儂牆，這是救命貼，你看清楚——」

「不用狡辯，搞亂檔？我唔會放過你哋D恐怖份子！」

「算啦細九，咪攞老人家出氣。」有識得的街坊來勸。

「你快D走！」他把老頭的行李也自電話亭中扔出街：「信唔信警察一嚟係捉你唔係捉我？你想唔想坐監打懵仔針呀？」

行李、紙屑、雜物一地垃圾，老頭被驅趕，他惟有避走。不解釋也不點破，總之這是天意。還是忍不住回頭叮囑：「林細九你明天不要出街，否則黃昏過馬路小心D！」

一件硬物飛過來：「老嘢你咒我？未死過呀？」

老頭消失後，細九也揚長而去。街坊互問：「咦？點解知道佢個名？」一眾愕然。

他們檢視地上紙屑，是車牌、樓號、時間、人名……預知意外災難，也提醒避險。

而那個砸他的硬物，是一個神主牌：「福德正神」土地公。

土地公管轄一方水土開運生財趨吉避凶，近年淪落了，連神位小廟也拆卸改建，被迫流離失所，每年農曆二月初二的土地誕乏人供奉祭祀，連年底的十六尾禡也被遺忘。找到這交通黑點十字路口的電話亭，暫時安身立命，盡忠職守。

用明示暗示方式提醒各人。不信鬼神不信邪的新移民林細九，在翌日黃昏6時21分，過馬路時被一輛失控的巴士撞倒，捲入車底，一命嗚呼。

也有福大命大者逃過一劫，避免慘劇發生——只是香港這「一代天嬌」，身陷殺戮魔潮，土地公也無法可施。

蜈蚣

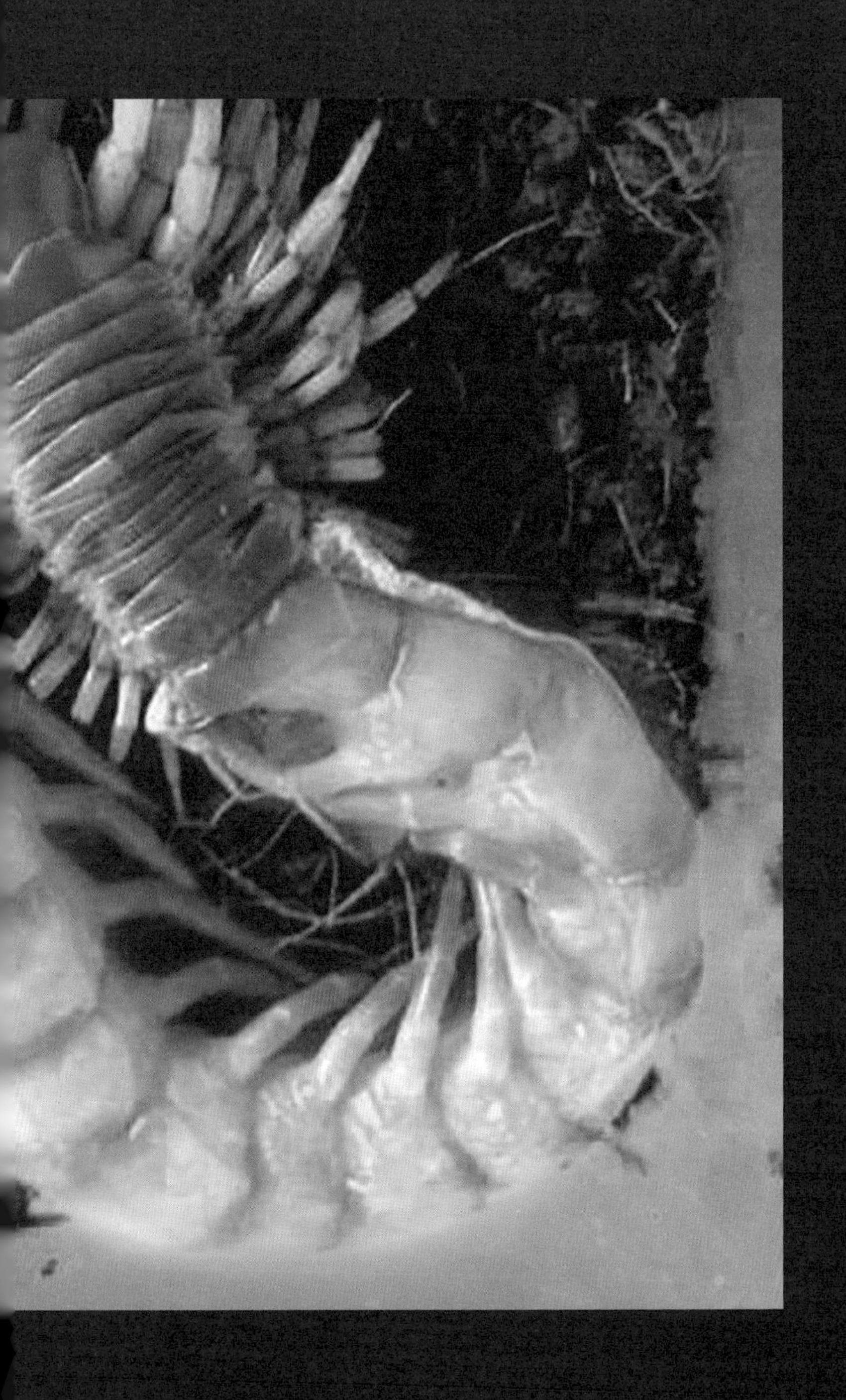

忽聞驚呼：

「哎——救命呀——嚇死人了——」

陶志健火速跑到廚房去，只見妻子指着地板上一條大蜈蚣，手足無措，汗毛直豎。

蜈蚣是叫人人害怕的毒蟲，地板上這個比一般的還大些。牠頭部扁平，有對毒牙，觸角揮動着，狡猾囂張，昂首不怕人。尾端的尖刺蓄勢待發。蜈蚣之所以恐怖，在於身體有十多個分節，這些分節都是基數（15、17、19……），每個分節有一對「足」，每對比前一對稍長，蠕動時發揮無窮震懾力，還有種邪惡異味。

為什麼住家會出現蜈蚣呢？一時間也無法細想了。陶志健馬上推走妻子說：「你趕快回房中別出來。」又叮囑：「小心寶寶！這裏我處理。」

妻子有孕5個月，平日也少出門，這一陣疫情嚴重都不知多忐忑。她馬上「逃離現場」，這些殺蟲滅毒的粗重工夫，當然由男人來幹。

陶志健與這渾身紅褐黑色，「持械」的兇悍敵人面面相覷，足足1分鐘，我不動，牠不動；牠不動，我不動……

其實心念在動。怎麼辦怎麼辦？

「打死牠？用什麼？而且不敢！怕走脫了又噴毒四濺，這不行。」

「用熱水燙死牠？牠死不了還到處逃竄，不知會躲在哪個角落，這不行。」

「踩上去——開玩笑！人未到牠已反彈，這不行。」

「……」

當牠微微蠕動試探，陶志健心跳加速。對付蟑螂，雖噁心但也可奮勇幹掉，因為小強「小」，而這蜈蚣是小強幾倍大。

報紙、地拖、木棍、拖鞋、硬物……他悄悄伸手自矮櫃中取出殺蟲

劑，突猛力一噴再噴——牠中招了，在那裏扭動、挺伏、彎曲、伸展，千姿百態，就算動作緩了，還是不把你放在眼內似的頑抗，你怯於走近，牠就是死不了，還給你一種飛撲攬炒的威脅……

此時身後有一聲暴喝：

「別怕！讓我來！」

說時遲那時快，Maria 急步上前，把陶先生推開，手持拖鞋以迅雷不及掩耳方式——

「啪！啪！啪！啪！啪！啪！」

一下不行，兩下三下……清脆響亮的拍擊聲下牠掙扎更劇。廚房地板上紅、褐、黑雜陳的大蜈蚣，又迸濺出腸臟體液，有灰有白有綠，實在驚嚇！

「先生，幸好這條是公的，如果是母的，懷孕的，一拍便會湧出數不清的小蟲了。」Maria也鬆一口氣：「到時我清理廚房就恐怖了，真好彩。」

一屍一命還「真好彩」？想想菲傭姐姐說得對，陶志健有童年陰影。

他們也好彩，請到Maria——雖然大部份菲傭都喚Maria，好似是個「代號」了，而且其中還有些是大學生、護士、教師……在家鄉掙不到多少錢，來異鄉當女傭才有固定收入，不多，回鄉總算可養家活口。他日香港淪落了，當難民了，也得在異鄉當傭人幹粗活維生。

樸實的Maria服務很好，妻子滿意，已續約過一次，目前也會用下去，才放心懷孕。

天氣很冷，主人當然穿毛茸茸的暖拖鞋，殺傷力不強，但姐姐要幹活，多穿塑膠拖鞋，夠硬淨，加上她孔武有力不怕蛇蟲鼠蟻，才完成壯舉，解除威脅，也幸好沒嚇着孕婦。

但心忖：「所謂『百足之蟲，死而不僵』，小心為上。」

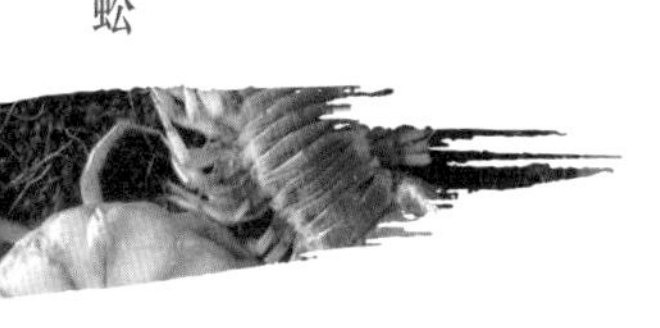

百足（馬陸、蜈蚣之類），不是蟲，是動物，多足類唇足綱節肢動物，肉食性。牠們遇上劫難攻擊，斷手斷腳抽搐不死，砍成兩段也不會一下子變得僵硬，總是動到不能動為止，生命力極強。

Maria 收拾殘局。陶志健道：「紙巾毛巾太薄了，而且這些屍體漿液也有細菌病毒，以前人滅蟲用石灰——」

「先生我們哪有石灰？不如用麵粉灑上去？」

「殘餘物全到街外扔，你的拖鞋也扔了，再買一批消毒清潔用品回來。」他給了一些錢，也獎賞她的勇戰。

「先生，我會弄妥的，別怕。」

他是怕。

——怕報仇！

報仇？

已經是廿多年前的謎團了，幾乎忘掉，真偽難辨，亦防不勝防。疑心生暗鬼？人人都這樣自己嚇自己，只是童年陰影忽地跑出來，那陰影變得很大，何況……

「Maria 全屋消毒清潔時，你不如搬去酒店住幾天，免得影響ＢＢ。」妻子撫着肚子：「是呀，剛才我嚇死了，ＢＢ心跳也會加速的。」收拾簡便衣物用品，安頓好妻子。她叮囑：「每個角落窿窿罅罅小心處理，別讓同黨躲起來。」

同黨？

尤其是「窿窿罅罅」……

想起也不安。

廿多年前，陶志健最開心的日子，便是放假隨媽媽坐火車回鄉探親，過年可以放爆竹，暑假又「遊山玩水，上山下鄉」到處跑，雖然把暑期作

業帶回去，也是耽到最後一日才趕趕趕了事。

鄉下地方，生活簡樸粗糙，但屋子大人情味濃。

公公、婆婆疼愛他：「健豬豬，今晚做釀鯪魚和排骨陳村粉你食。」

他不喜歡這花名，肉麻當有趣！但小孩無法抗議，何況他們家鄉還有白糖糕，清甜又有點酸的，一塊好白的甜糕，晶瑩剔透豬膏面，裏頭充滿小水泡似的洞洞，吃來又爽又滑，又不會飽滯，他最愛吃，也拿一些給住在隔壁的單眼梁伯分吃。

當然，鄉下孩子更愛香港的金莎朱古力、藍罐曲奇。他常帶些雞蛋卷給表弟肥牛——肥牛比他小一歲，是鄉村中頑童，志健來了，雙劍合璧，更是甩繩馬騮。

過年只待三五天，但暑假可住上一個月呢。表兄弟爬山爬樹，潑水游水，捉雀仔捉青蛙……草地山坡河溪玩得不亦樂乎。

那日，走過河邊石堆，潮濕陰暗處，在朽木枯葉掩映下，他們見到奇景：——

那是一條蜈蚣。

志健道：「肥牛，你看，這條百足彎成S形，抱着一大堆白色的蛋呢，好核突呀！」

看來這是一條在產卵的雌蜈蚣。不過7、8歲的男孩不明白也沒見過，好奇又驚恐地躲在一角看着。

大人們當然知道，蜈蚣的繁殖很特別也很荒誕，沒有人見過牠們的交配行為，只求偶期時雄蜈蚣會產下一個精莢，那是包含了許多精子的薄膜小囊，誘雌蜈蚣撿了去，置入體內，擠破之，釋放精子，完成受精……專家有這樣的研究，民間只是口耳相傳又不詳盡，大家都是「不知如何」才懂的。當時志健和肥牛哪懂？

見媽媽產卵差不多了，大概30、40粒，晶瑩透明，好像一戳就穿。

「健豬豬，我們拿來一粒一粒篤穿它，卟一聲一粒，好好玩！」

不應這個花名：「我有名你叫的，我叫志健！」

肥牛道：「好啦，我們去撿些樹枝，隔遠來撩，免得被它咬到。」

——蜈蚣媽媽才沒工夫理會。牠原把後腳搭在身體中央的背部。產卵其上。產卵完畢，一個「翻身」，又將卵堆反抱入懷，並捲曲身體呈S形，也是一個「兜」，纏繞保護着那團東西，舔舐防菌，彷彿外間一切都沒牠的「蛋」重要。

一豬一牛兩小子，各撿一根樹枝，都較長，「保持距離」，説實在也緊張得很。

牠們又捨不得放棄這場突襲呀，便鼓起勇氣上前，用樹枝撩撥。

本來抱卵待孵半靜止的媽媽，受外物驚擾，馬上戒備，不讓人家傷害到自己的卵堆。

——為了保護之，牠竟然，張開嘴，把卵一個一個的，吃掉……

志健吃驚：「肥牛，牠在幹什麼？」

肥牛也呆了：「在吃蛋啊，什麼味道？甜的？

「自己的孩子也吃？」

怔住了。忽聞身後有喝止聲：「喂！你兩隻嘢做乜？」

太遲了，已全部吃掉。

「太冇陰功了！」單眼梁伯哀嗚……

氣急敗壞的梁伯趕到時，那黃白色的卵堆已一個不留。

志健和肥牛回頭，不知何時，蜈蚣媽媽也逃竄無蹤了。明明是一處人跡罕至不被發現的潮濕陰暗處，有朽木枯葉遮掩，是非常理想的產卵地點，可以安心產下孩子，孵化長大，開枝散葉……

怎料會被兩個放暑假的甩繩馬騮破壞了？基於保護孩子的天性反應，不會讓之落入敵人手中受害，所以逼不得已，硬着心腸，自己一個一個吃掉。

「咳！咳！」梁伯焦慮又挽救不及，血氣上湧咳起來，上氣不接下氣，咳到彎腰急喘，只得一隻眼睛好使的他，泛着淚光怒斥：「你們太曳了！害到人家媽媽要把孩子吃掉，冇陰功呀！」

「什麼是『陰功』？」

「即是做善良正直事積陰德。」梁伯教訓他倆：「殺人有報應的！」

志健好強：「但我們沒有殺人，蛋蛋又不是人——而且是百足媽媽吃孩子，關我們什麼事？」

肥牛也駁嘴：「如果我唔乖，我阿媽是不會把我吞落肚的。」

梁伯其實也很疼愛這鄰居的表兄弟，對於動物世界，人以外，他們要學的還有很多，得日子有功，體驗成長。

「咳！咳！真是有理說不清。」梁伯又咳起來。小孩也不敢同老人家吵了。梁伯說是年近60，不算太老，但在小孩眼中，已經「很老」了，而且他向來體魄壯健，沒什麼皺紋老斑，很少見他咳成這樣，一定是生病。聽說他以前當過警察，手腳靈活迅捷，但一回意外中一隻眼睛瞎了，退休後住到鄉村，不知有無子女，或已移民他方。他一人獨住，卻很受附近小孩歡迎。

因為他愛講古。

「梁伯，我哋不敢曳了，也不會立亂搞人家的蛋，不知道百足會咁喋，我驚佢多過佢驚我啦！」二人不肯走，一直纏住梁伯：「你講古仔啦，講古仔我哋就乖嘞！」

「講啦講啦……」一時間又「召集」了附近玩耍的頑童們來聽古，圍

坐一圈。

梁伯道：「你們千萬不要殺生，放生才有運行！」

「好，我們都不殺生，快講！」小孩起哄。梁伯又咳了兩下，清清喉嚨：

「有一個非常非常有錢的大財神沈萬三，是明朝初年的江南巨富，就是今日的李嘉誠，和明日的李嘉誠……」講古時是廿多年前，果然如梁伯所言，至今他仍是眼光獨特高瞻遠矚的首富，但小孩就不了了之，反而專注問：

「沈萬三怎樣有錢呀？錢是怎樣來的？」

「他是一夜之間變成富翁的！」梁伯吸引注意力。

相傳沈家貧、落難，到處流浪乞討過日子。後來撿些雞毛，用泥塑造泥偶玩具出售餬口，節慶時生意也不錯。

「有一天——」梁伯故弄玄虛：「奇怪的事發生了！」

某日，沈萬三到鎮外一個泥塘挖泥，發現有漁翁捕捉了一批百餘隻青蛙，準備宰殺了到市場販賣，他見了不忍，把袋中所有的錢掏出來，買下這批青蛙，全投入水中放生……

「我知我知，青蛙後來變了美女嫁給他！」小孩七嘴八舌：「很多人放生了蛇和狐狸之類，都是這樣啦，有什麼特別？」

「當然不是，沈萬三與眾不同的。」梁伯道：「夜裏，他窗外有百幾隻青蛙嘓嘓嘓叫了一晚，吵得無法入睡，他起床後想驅趕——只見青蛙群圍在一隻瓦盆邊，好似是送禮。他很奇怪，但也沒多想，那瓦盆正好拎回家作洗手盆。」

之後有一天，沈萬三的妻子在洗手時，無意掉下一支銀釵，結果在瓦盆內一變二、二變四……不一會已湧現滿滿一盆。他驚呆了，試放入一些

白米、銀錠、珠寶，全取之不盡——這就是「聚寶盆」了！

梁伯道：「因為一時善念放生了，所以他行財運。如果殺生，就沒這故事了。」他叮囑：「知道嗎？明白嗎？」

大家忙回應：「我們發誓不殺生，我們都好想有個聚寶盆！」

也有小孩心水清。志健問：「他比皇帝有錢嗎？皇帝會不高興殺了他嗎？這是『殺生』呀……」

梁伯道：「皇帝不高興是當然的了，那時人說『富甲天下』，皇帝小器怎會容你？」繼續講古：「沈萬三建了很多房子，經營田地產業運輸和百貨生意，還起糧倉……聲名大響，整個南京城都認識他，修築城牆的工程比皇帝朱元璋還提早了三天完成呢。」

「皇帝殺了他？」

「找個理由判坐牢，雖免一死，但被發配雲南，客死他鄉，後來沈家受政治株連幾乎滿門抄斬……」

「那個聚寶盆呢？」這才是最關心的正題。

「想要什麼就可拿什麼的聚寶盆，你們說哪去了？」梁伯問。

「送回給青蛙？」

「被砸爛了？」

「埋藏起來後人挖掘？」

「皇帝搶走了？」小孩猜了又猜……

「皇帝借用也好霸佔也好，不知是否使得動？又或者打碎了鎮壓南京的城牆——這些，都是另一個故事了。」

志健和肥牛異口同聲：「如果當初不理青蛙，就沒有聚寶盆，他也沒成為富翁，沒錢，反而當個普通老百姓，不用死得那麼慘！」

小孩中也有異議：「但有錢真好！可以買好多東西，起高樓大廈，可

以天天吃金莎朱古力……」

「好啦好啦，回家吧，下回再講古。」

一路上，梁伯也真有點累，氣喘，體力比平日弱，走得慢。

翌日，志健媽媽着他送些點心和曲奇過去，還做了蘿蔔絲油糍，梁伯最愛吃了。

這天他特別開胃，一股勁兒吃了很多，也喝大量的水。吃了便上床。

「志健你們快回家吃晚飯，我要睡了，別吵我。」梁伯一上床，就不想動不想言語。

「那明天起身再講古呀。」他們有點失望道：「你休息吧。」

還沒説完梁伯已沉沉入睡。

第二天、第三天，梁伯已休息好幾天了，沒動靜，從窗外看進去，呼吸均勻，睡得很香。夜裏沒起來過，又不亮燈，黑麻麻。

志健和肥牛黃昏玩累了，經過他屋子，探首看望一下：「嘩！」

——赫見詭異的畫面……

梁伯不在床上休息，四下寂靜得可怕。

只見一條巨型蜈蚣，霸佔了那鋪了張藤席的睡床。藤席是鄉下人於盛暑睡覺時降溫舒體的。那藤席有用久了的歲月印影，並不光鮮，反而黑黑褐褐的滑溜痕跡，叫人知道已經好多好多年了……

影跡之上的蜈蚣，比上回見過產卵又吃子的蜈蚣媽媽大多了，而且——正開始——蛻——皮！

小孩後來才知道，蜈蚣屬甲殼類節肢動物，甲殼限制了本身的生長發育，要進一步長大便得「擺脫」限制。這天賦，令牠們每蛻一次皮，就明顯長大長壯一些。不管什麼品種、類型、功力的蜈蚣，全需要蛻皮——否則死於困局。

蛻皮之前，飽餐一頓之後就不再進食了，此時視力和觸角能力減低，體色改變，行動遲緩，靜待重生……

志健和肥牛趴在窗外，見蜈蚣是由前向後，頭部先出，一節一節一節的「逐格進行」。重生的肢體，顏色白透粉紅，十分嬌嫩脆弱，直至最後蛻出尾足了，才大功告成，而體色也漸漸的融合現實環境，不但變乾，也變深，軟軟的新足亦變硬活動……那張蛻下的「舊皮」，已皺縮了，要拉直後才知是蜈蚣的「軀殼」。

小孩見牠緩緩蠕動，太陽下山了，一切看不分明。志健驚恐地對肥牛道：「糟了，或者梁伯去廁所，回來後上床，碰到這百足，有毒的呀，咬死他怎辦？」

「對呀，梁伯又是單眼，一定看不清楚，不如我們趕走牠。」

「——但不要殺生。」

「你無謂大想頭！」肥牛嗤道：「我同你？點殺佢？趕得走已經好叻了。」

聲音一下子大了，寂靜中，蛻皮後的巨型蜈蚣忽聞異響，定住。

「死啦死啦，被牠發現了！」趕忙撿石頭、破磚瓦、樹枝、垃圾……總之任何硬物，隔窗扔進去床上。還大力「啪啪啪！」的拍窗，大喊：「梁伯，快D一齊打走條百足！小心呀！」

蜈蚣緩緩回過頭來，好似怒視着這多事的人……靜止了一陣，志健和肥牛驚魂甫定又覺好心救梁伯義無反顧，石頭磚塊緊握在手。而蛻皮後的蜈蚣好似爭取時間，讓嫩肉回春變得更有勁，亦蓄勢待發。

雙方對峙。

肥牛忍不住，瞄準，石塊扔擲過去，重砸中招了，蜈蚣痛得彈動一下兩下，也忍不住了——「人不犯我，我不犯人」，牠也不想還擊，把事情

鬧大，沒回頭之路，但……志健見情勢不妙，張大喉嚨狂喊：「救命呀！好大條百足要害梁伯呀！快來救命呀！」太吵了！

事已至此，受傷的蜈蚣亦基於動物天性，不得不奮起卻敵，否則村民一來，更無逃生之望。當下牠飛竄出窗，螫了「敵人」一口，狠狠的，毒腺分泌出大量毒液，志健慘叫：「牠咬我！痛死了！」

之後，蜈蚣望縫即鑽，在岩石泥土草木間逃去無蹤。

志健手臂的傷口有兩個瘀點，腫脹發燙灼痛，他心跳加速，顫抖，而且發熱半昏迷。

肥牛與志健媽媽、公公、婆婆，趕到的村民合力把他抱回家去。

「健豬豬，你千萬別有事。」婆婆還急得哭起來：「快淋上醋，搗些大蒜、搽醬油……」

「先洗淨傷口，冰敷。」

「有藥膏嗎？消毒火酒嗎？紅花油？」

「我家有魚腥草，碾碎後敷上，消炎挺有效的……」

一眾鄉下人都貢獻土方。

公公忽省得：「百足天敵是雞，聽說『公雞口水』可以鎮得住。肥牛，你去找些公雞口水來！」

乍接號令，早已驚恐擔心的肥牛，一時間不知怎辦，哭喪着臉：「到哪裏找？」

還好有家養了雞，捉了過來，費了吃奶的勁，試圖捏住公雞的尖嘴，擠抹「口水」，只有一丁點，塗在傷口上，可是哪有療效？肥牛還被牠啄了幾下。

這過程志健不清楚，天一亮被送到市醫院診治，不致命沒後遺症，不過排毒消腫退燒，也折騰了幾天。他還問肥牛：「梁伯有事嗎？」

梁伯失蹤了……

志健漸漸康復，手臂上的傷口消腫了，仍有點痛，但當晚恐怖情景卻是難忘。

梁伯失蹤的事，也大惑不解，還以為「死了」，不告訴他真相，以免嚇怕小孩？

肥牛強調：「不，他是忽然間失蹤了。」更強調：「全村人找了他三天，就是你瞓醫院的三天，都找不到他，只找到——」

欲言又止，自己也好驚。

「快說！」

因梁伯家有毒蟲，還咬傷人，大家擔心他，終破門而入搜尋一遍——

「他家很殘舊，潮濕又有怪味，以為是『老人除』，但這陣除好腥。」

肥牛說時還捏着鼻子呢。

村民很少入他屋，只是過年過節在門口送點心餅食，而梁伯又愛行山、講古、採藥……都戶外進行，所以這還是那麼多年來第一次瞧得仔細。村民帶了些硫磺來幫他消毒驅蟲，都是好心腸，怕他被蜈蚣咬。

怪異的景象出現了：床下地面除了剛蛻一張乾縮的蜈蚣皮外，角落陰暗處，還有好幾片枯了的敗葉——不是玉米葉，也不是欖葉，而是足足八張，蜈蚣蛻下的乾皮，要大膽攤開，抖落粉塵，才拉扯長了，它全是蜈蚣以前一次又一次蛻皮的「遺物」。

梁伯窮困？但他衣食也可補足，似有點餘錢，但真的沒什麼「遺物」，除了八張皮。

人沒有皮殼限制，需把它蛻掉，讓身體再生長發育，一次比一次粗壯強健，人只會愈老愈縮，佝僂疲弱，日漸「矮細」，直至死去——但蜈蚣每蛻一次皮，功力和體質就增強一點，毒性也烈一點，在人間出沒也迅猛

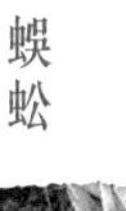

一點。

「大家……都說梁伯是蜈蚣精。」肥牛不想說破，但小兒無詐，對着玩伴好友當然有嗰句講嗰句：「那天產卵又吃回自己蛋蛋的，是他的女兒，沒有搬出也沒有移民……他嬲咗我哋，令孫子活不了，也是有原因的。」

「『冇陰功』？」志健回想：「我們打蜈蚣，是好心呀！」

——好心做壞事？梁伯嚴守了一生的秘密敗露，他也只得棄家逃遁天涯……

究竟失蹤的梁伯是不是蜈蚣精？也無法追查。

只是從此沒有什麼人為小孩講古，借古諷今，說些處世之道。他在人間徜徉百年，見多識廣，但仍然不是「人」，仍未完成心願……

凡塵中一定有不少匪夷所思的妖魔鬼怪，在大家身邊出沒，若不被發覺，便可長期冒充，是的，人不犯我，我不犯人。為了自衞自保，逼於無奈吧。但這兩個帶「童年陰影」長大的表兄弟，猶有餘悸。

因為這樣，志健隨母回鄉探親住的日數少了。升小四、小五……中學後，功課忙，也大個仔，對於梁伯，記得也想忘記——只肥牛是「生死之交」，還為他弄「公雞口水」被雞啄。

日子過去，公公婆婆相繼去世，他希望有人老土地喚他「健豬豬」，也不可能了，早知當年應老人幾聲啦。

幸好肥牛來了香港，成了香港人，開家小食店，賣煎釀三寶、油糍（香港人喚蘿蔔絲餅）、煎魚餅蝦餅、豬紅蘿蔔、鹽酥雞、鍋貼、豆漿油條鹹甜豆花……好雜。

因着蜈蚣，馬上想起肥牛，WhatsApp 他，對方回應：「我抗議它與 facebook 通料侵犯私隱，一於社交革命，搬去 Signal，你開 Signal 搵我。」

天下烏鴉一樣黑，世上哪有永恒不變的生活習慣？永恒是「習慣改

變」。網上交流不如面談，沒有科技，他們從小就面談，不知多親切。一於面談。

肥牛已不肥，反而生了個小肥牛。而志健也快當爸爸。都是中年漢。志健道：

「很久沒回鄉了。」

「回什麼鄉？鄉下八十幾歲的阿嫲，老人痴呆唔認得我了，阿媽叫我千祈唔好返去。」肥牛笑：「武肺疫情嚴重，度度有標語：『帶病回鄉　不孝兒郎　傳染爹娘　喪盡天良』，還有『相見就是自尋短見　拜年就是互相殘殺』——你都千祈唔好同我拜年，趁小店未執笠，落嚟食啲三寶算嘞！」

「你電話中說有件寶物送我救命，所向無敵，我要一寶就夠了。」志健笑：「你那『寶物』，不會是雞吧？」

「哦你別說，百足的天敵是雞——而我們有賣鹽酥雞，天天有大量雞肉，所以沒有百足。」

「雞肉是死的。」志健道：「怎能治？」

「可以養隻貓，養隻狗。」肥牛也自個兒笑起來：「不管用！我最有經驗了，蛇蟲鼠蟻百足，一定要科學化，用硫磺粉、石灰、漂白水等消毒清潔都有效，尤其是陰暗潮濕的坑渠口、衣櫃內部、廚房角落……」

「你的廚房都算衞生。」

「當然啦，堂食禁令，生意差，入貨少，又得閒，惟有執拾乾淨。現在香港有近30萬人失業，飲食業更不景，政府借疫政治打壓，哪理民間死活？」

肥牛一邊說一邊打開儲物櫃：「全民檢測？有用。打疫苗有副作用又面癱甚至拉柴，嗰D國貨有效率只得50.38%——」

「即是有一半機會出事，又比歐美貴，不知誰個利益最大了？」志健堅持：「還打？賭命嗎？讓女市長和高官政棍享用吧。」

「你大難不死，何須疫苗？」肥牛揶揄。

「百足咬過是沒有抗體的，怕來『報仇』啊！」志健道：「所以要講求『效益大於風險』。」

肥牛出示「寶物」：「這個肯定有效益沒風險！」是一支噴霧劑。「啤，殺蟲水之嘛。」

——不，原來是日本製的大熱產品，「-85℃超冷凍殺」噴霧。新發明有 -40℃至 -200℃，這 -85℃的性能很好，可瞬間急凍。

「實驗一下。」志健左右端詳：「你店裏又真找不到甚麼毒蟲，連小強也沒有？」

「到後巷垃圾站，肯定有小強，連大強也找得到。」

蟑螂很普遍，目前已發現4,100種，都有數億年演化歷史了——果然跑出一隻，感覺對面有伏，牠的身體和觸鬚擺動想逃走。

肥牛在約50公分距離，向牠噴射3秒，馬上靜定，成為「雪條」……——也許談不上「雪條」，因為蟑螂小，只成「粒」狀，蜈蚣才算「冰棒」。

果然瞬間奏效，不用慌忙。

其實這發明已有數年歷史。志健記得以前與女友（現在的妻子）到日本旅行，電視上也有廣告，還由一個「雪女」助攻，不過那時沒特別關注。

「雪女」是日本室町時代傳奇中一個古老的妖怪，山神的女兒，遇到識破身份的人，馬上吹出冰寒之氣，把他變成僵硬屍體——不過廣告片中那雪女並非蒼白艷姬，而是誇張地「噴射雪鋒」去滅蟲的代言人。

「日本人力求上進，改良版本一回比一回冷，急凍更快。」肥牛道：

「不過用上 -200℃那些，已足夠驅魔了，人也會間接凍傷的。」

「香港各界那麼妖異，看來『瞬間凍殺』是集體心願，多麼希望向禍港殃民政棍噴射。」

「哈哈哈！那就一貨櫃新貨也不夠了！」

肥牛正色再道：「我倆都見識過妖怪了，大家也明白最好別『誤殺』另一個梁伯——這東西最大的功能，是你可自主留一餘地。」肥牛很有經驗。

急凍劑無化學物質，噴射出去把移動走避的蟲類凍住，數秒OK。任何生物，會「即死」、「裝死」、「假死」——生命力頑強或能量高的，神經凍住了，一旦解凍，有一線生機。像人，凍僵了也可在解凍後緩緩重活過來，並非全都成為殭屍。

「瞧着辦吧。我有分數的。」志健道。

肥牛送客：「你也不要自己嚇自己，哪有『報仇』這回事？蜈蚣精也很忙的，像人一樣，搵食最重要！」

那瓶噴霧拎在手上，不重，藍白主色的設計也一目了然，它不同一般殺蟲劑，有濃重味道而未能令之即死，還可逃竄，增加恐慌。

家中大清潔，洋溢一片滴露味、火酒味、檸檬味，菲傭姐姐也真落力。她一見主人：「先生，所有地方安全，只有一處，等你回來處理……」

菲傭姐姐指指廚房水龍頭和鉡盤下的雜物櫃，在最陰暗角落：「有兩條蜈蚣！先生，是兩條纏在一起的，我不敢動牠們！」

——不是「兩條」。志健用手機電筒一照，情景似曾相識，是「一條」，蜈蚣蛻皮了，重生再發育，後面是牠的一張皮。

「藏得太入了，你把這條弄出來吧。」

「先生，怎麼弄？」

用手？用鉗？用夾？用長棍去撩？……都不行，若果蜈蚣發惡，你就凶多吉少！且牠蛻皮後復元，更是一條好漢。

那麼深入的角落，幸好「凍殺」有根長長的幼管，給插在噴射口子上，志健瞄準蜈蚣一噴，最初牠還蠕動，瞬即變成一根冰棒，僵在急凍冰雪中一片白。

姐姐見牠不支，膽子才大了，用長鉗子箝出來攤在報紙上——欲扔到馬桶一沖，直出大海，功德圓滿。

志健道：「你忙善後！我自己處理好了。」

他心中有數：蜈蚣生命力頑強，或能量高，一時間凍住，也許只是假死待甦，沖出大海就必死，他把報紙包起放入膠袋，親手拎到屋苑外，揀個遠一點的垃圾桶棄之，也是放生了——一切有命數，命中注定生老病死。牠沒殺我，我不殺牠，為了心中情意結，別再誤殺。哪來如此多「梁伯」？若你夠命硬，逃到世界各處安身覓食。

其實蜈蚣雖毒，是「五毒」之一，也有貢獻：作為藥材或浸酒，可以治療跌打損傷、祛風鎮痙、消腫止痛……對人體傷病有一定作用。難道「以毒攻毒」？有人敢喝紅頭紅腳大蜈蚣浸泡的藥酒嗎？

回家時聽得街坊議論，武肺飄忽又有近百或過百宗確診了，再多10棟大廈要強制檢測，本區C座也榜上有名，殺到埋身了！不知何日會像大陸大爆發，焊門釘板封樓封區封城，有惡人守着各路口，在廣播高喊：「誰出去打死他！」，還可外逃嗎？人也自身難保了，你有百足齊奔，去吧。各有各的路。

志健這晚睡穩，心安理得。

滴水

她失業後近半年來都很少上街，只每週兩次到超市購物，食材足夠幾天之用就好。

這天回家，一切無異，但客廳鞋櫃上，玻璃桌面有淋漓水漬。不知從何而來？幸好有玻璃面相隔，才不致滲漏，把鞋子弄濕，否則一團糟。她把水漬抹掉，不是髒水，也沒味道。陳靜茹納悶得很。因累了，身體差，視力不怎麼好，還在康復中，靜茹今晚早早上床休息。

神秘的水漬沒再出現。

之後某日，她開了冷氣機，準備弄點簡單晚餐——竟有「滴答、滴答」的聲響。

「真怪，住了三年都沒這情況。」

原來是冷氣機滴水。

以為關機歇一陣再開就沒事了。但開機不久，還是滴水。氣溫高，有三十多度呢，沒冷氣怎過？拎個盆子盛着，一邊滴完，另一邊又接力……總之這滴水的問題好煩！

「陳小姐，」管理處回應：「我們有小修小補的師傅，不過冷氣機還是找專業的來處理較好。」

關冷氣開風扇根本不管用。打電話約冷氣工程公司的師傅，對方道：「要排期，下週六吧？」還解釋：「不是壞機，因為疫情，很多人都待在家中，冷氣長開，特別容易出問題，通機洗機就very good了！」

近幾個月，疫情反覆，第一波、第二波、第三波、第四波……無能政府根本不希望防疫抗疫似的，只求「限聚令」及種種禁令強制市民乖乖宅在家中，少出門，正中下懷。

要室內涼快，冷氣機長開損耗，會造成排水偏差滴漏，清洗隔塵網及把排水管淤塞髒物疏通暢順，洗機後便一勞永逸。

公司裁員、倒閉，她們會計部無數可計，當然失業。沒心情找工作，不是順其自然享受生活的「慢活」，她是「hea 活」。自從三年前男友阿偉去世後，一切大大小小的事情……對她已無刺激也不上心。

——水管可以通，但淚管閉塞，永遠也不通了。

週六下午，別人是放假不用上班，陳靜茹天天都放假，無所謂。

冷氣師傅很專業，來了三人，長梯水桶膠布垃圾袋一應俱備，有水有電就可開工，兩部分體式冷氣機，通喉清洗，大半小時已搞掂。費用 900 元，不便宜，但也有比他們貴的。

「小姐，如果一週內仍然滴水，可以 call 我們上來，看看什麼問題。」

師傅道：「當然最好不用 call 啦。」

「這兩部機才三年，除非意外，否則不會有問題。」

三年。自三年前那天開始，她對什麼都沒興趣不緊張也不執着，哀莫大於心死。她覺得一似自己的名字：「剩餘」。

那天，她和男友阿偉還去買些小家電，為裝修好的新居添色彩添生氣。急於快點佈置，不用送貨，二人合力搬回家——這「家」，就是他們的愛巢，可惜到頭來成為一個孤島。

車禍！

兩輛相撞的車子都毀爛不堪。阿偉傷重不治，靜茹昏迷了兩天才醒過來。媽媽和弟弟還在哄她：「阿偉在另一家醫院——」不不不！她不相信，沒理由會搬醫院——除非搬到……停屍間……他不在了？是不是？我要知道真相，不要騙我！

頭部重創的她，又不支昏倒了。

傷勢嚴重慘烈，住院好一段日子。日漸康復，但已喪失一項寶貴的功

能：她臉部肌肉骨骼結構受損，淚腺傷了，鼻淚管閉塞，內眼角腫脹疼痛。視力模糊可以盡量治療，但她從此不能流下一滴淚了。明明應該日夜哀傷痛哭的「未亡人」，竟然無法流淚，是否天下間最弔詭之事？

阿偉死後第一個清明，兩家親友陪伴靜茹去墳場龕位拜祭，地上鋪了祭品，但靈灰閣不得點大香蠟燭和燃燒冥鏹，得上戶外大爐化寶，她還是點了一炷清香，插在香灰鐵盆上致意。或者希望香煙熏目催淚吧？

但她只能哽咽：「阿偉……我哭不出眼淚……我已經盡力了……對不起我真沒用……」

像所有普通人一樣，沒有貴賤智愚美醜……之分，人生有八苦：「生、老、病、死、怨憎會、愛別離、求不得、五蘊熾盛」，都是平等的身受，無一倖免。

難道一生應得的「樂」已經享完？那一天車禍，阿偉被迫無奈把車子開往黃泉路，只剩她孤伶伶一人承受雙倍的苦楚？

在烈焰、骨灰、如常的日出中間，陳靜茹面對無數次的覆診。

「我只要求可以如前一樣流淚，傷痛有個出路，這不是很卑微嗎？」

原來悲傷痛哭或默默流淚，對橫禍中淚腺淚管受創的人而言，是奢侈的。醫生叮囑她，盡量避免令情緒激動，有助視力康復。「還有避免『傷心』，那些催淚的電影、小說、劇集，甚至新聞……總之別再接觸。」

醫生冷靜而殘酷，也讓她面對現實：「失去眼淚不要太灰心——有些人連眼睛也失去呢。」

媽媽常煲湯帶上來，勸她：「好好活下去，以後還有選擇，還有好日子。阿偉也會明白的。」平靜、平淡、平安，都三年了。死者已到了另一世界，等不回來，「難受」也得受，「難過」也得過，希望時間可以療傷……

朋友和舊同事相約，以前她一概不應，活在一個人的天地，不想旁觀他人雙雙對對。但人是群居，積蓄有限，也得重投社會，找新工作，識新朋友，振作！見工！吃好些！收拾心情早點睡吧。

靜夜，她迷糊中竟又聽得「滴答——滴答——」的聲響，冷氣機仍在滴水？但她乏力無法起牀……

半夢半醒中，她見到阿偉！像以前一樣俊朗，但面容哀傷，還流着淚，一滴、一滴、一滴。

「小茹，我捨不得你，這些眼淚是雙倍的，是我代你流的。」還道：「你不要怕，當有滴水時，便是我在掛念你……」

靜茹伸手要拉住他，掙扎而起，一室孤清。他不在！

她亮燈，出廳看看冷氣機，沒滴水呀，都修好了。回身上牀再睡吧，只是一個夢。

——她回身後，冷氣機忽地淌下兩三滴，眼淚……

禿鷲

西藏天氣本來十分適合度假觀光參拜——但久已沒什麼遊客和外來者了。

春夏風和日麗，艷陽高照，天很藍，雲很白。因海拔較高，更加遠離地接近天。太陽輻射極強，日照時間長，晝夜溫差大，環境乾燥，除了西藏人，外來者大多不易適應。

西藏旅遊景點，如布達拉宮、大昭寺、羅布林卡、哲蚌寺、扎什倫布寺、岡仁波齊峰、八廓街、北坳、巴松措……有點寂寥，只有善男信女堅持信念，虔誠跪拜，磕長頭，五體投地。

人生不滿百，都有走的一天。

「天葬」的儀式仍存。

孜珠寺，西藏昌都地區丁青縣覺恩鄉境內寺院，外面就是一個天葬台。

世界各地的喪葬方式，不外土葬、水葬、火葬，或撒骨灰於大海和花泥中，塵歸塵，土歸土，靈魂歸他該去之處，善惡因果報應。

西藏位處數千公尺高原地帶，地質堅硬植被稀少，不適合土葬或火葬。最普遍的，就是千年歷史的「天葬」，又稱「鳥葬」。

主角就是禿鷲——沒了牠們，人死後就無法藉此升天。佛教以為人死後已沒精神，因此無保留肉體的必要，把身體「布施」，是對眾生最後一件慷慨善事：死後分割血肉，又敲碎骨頭，讓鳥啄盡，牠們飽了，也不會再吃其他生物，此亦佛教六度之一。

這天，有個村長只剩最後一口氣，他91了，也是笑喪，家人親友村民，在家門外歌舞了一宵，直至氣絕，便用白布將屍體包裹，停屍3日——除了念祭，還靜待它稍為腐化……

遠處，禿鷲在等。

一般到西藏旅遊的外人，並不被允許也不被安排去看天葬，「看」受制約，遑論「觀賞」——這千年風俗也許可觀卻難以欣賞，說到底是莊嚴儀式亦相當殘暴、血腥。

有辦法的人當然有辦法。

而且寺院很多，天葬台也不少，有些是遮遮掩掩的禁區，但像孜珠寺，則是完全敞開，展露人前，挑戰大家心理質素？土著才不當一回事。

三天後的一個早上，老村長的屍體自然軟了腐了，但還未壞未化，只是更加容易被啄食。

裹屍的白布開始有點滲色，再裹一大塊。喇嘛唸經超度，家人村民歌舞相送，擇定時辰送往天葬台。

背屍人和送葬者，都只往前走，不得回頭，也避免流淚，堅持信念。

禿鷲耐心在等。牠們清楚這又是一頓美食。

天葬師將屍體放在台上，司葬者燒起火堆燃起桑煙，濃煙在空中如一道黑色的招徠令，聚集在附近的禿鷲，便自主應召而來，飛行時雙翼橫伸成一直線，這「一字幫」湧至，不但嗅到死亡的氣息，還有腐肉那吸引的美味。

禿鷲你一口我一口大快朵頤，帶鈎的喙已是利器，屍肉和內臟也甚軟腐，與屍骨剝離，啄食痛快。至於老骨頭硬骨頭，得由天葬師用石頭和圓狀大鐵鎚一一敲碎，砸碎混腦漿再餵鳥。

肉身以「食盡」為吉祥，若有殘餘，則將其焚化。死者的靈魂可隨鳥上天。

禿鷲們飽餐一頓，忽覺隊伍中少了一員。

「咦？cd55s 沒來？」

J23wz 回應：「上次也沒來，到哪去？」

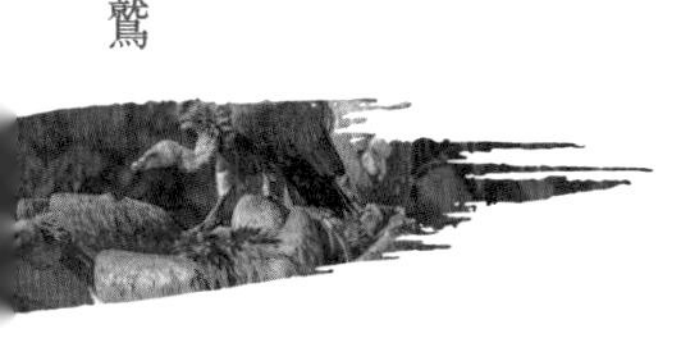

——世上誰知「禿鷲會」是一個神秘組織……

世上又有誰知道，在幕後沉默而狠辣無情地操控全世界的神秘組織有多少？

有說是三大、九大、十二大……還有說不少於21個。

——這些神秘組織，有人、有外星人、有妖、有異形、有鬼、有獸……甚至有蟲。

秘密暗殺、恐怖活動、種族主義、人口削減、陰謀統一、信奉撒旦、召喚魔鬼、創新秩序……目的只有一個：統治全球。

雖然這些××會、××黨、××派、××組、××團、××會社、××俱樂部……存在了不少年月，或自古以來已經潛伏，隱藏在歷史長河或深土，只部份為人熟知而已。神秘組織具超乎想像的能力，也有顛覆大國或各城的野心，藉此撼動世界，令人生畏、臣服、否定自己的人權和身份，當個順民，成全偉大的組織。

「禿鷲會」如何形成也真是無從捉摸——但別忘記，這大批成員是由人類的血肉、內臟、骨髓、筋脈、眼球、腦漿……培育而成魔的，牠們比誰都營養豐富，充滿內涵，功力非凡，牠們是活着的人，心甘情願把死去的人雙手奉送，令之壯大。

「禿鷲」不是「禿鷹」，有人誤會了。牠們厲害得多，禿鷲是大型猛禽，以食腐肉為生，在歐、亞、非及美洲（即全球）都有分佈，這是牠們的面膜——揭開面膜是什麼？是營養過的臉？抑或就「像一個人」？

禿鷲體長超過1.2米，黑爪黑鈎嘴，體羽主要是黑褐色。頭部絨羽，頸後羽毛稀少或者無毛，這是天賦的便利：吃腐屍時，血污會黏附，這些位置清潔不到，且無羽毛的頭也便於讓太陽光為污染物消毒——這就是「進化」。

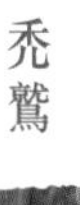

正當牠們疑惑着 cd55s 近日怎麼失蹤了？又有喪家上路……

上路的是一名病逝女子，而且年紀不大，因為裹屍的白布上放了鮮花，一路相伴。

之前，喪家門口懸掛一個紅色陶土罐，土罐內放食物，供妙齡少女的靈魂享用，她在世上時日不長，吃喝不多，大小快樂事經歷有限，或許未為愛情悲喜過……只得這最後的鮮花和食物了。

唸經超度後出殯，送葬路上把紅陶土罐摔破，交給天葬師處理，意味死者的靈魂再也不會回來，一直升往西天……

到了天葬台，一切儀式做好了，就待這群禿鷲送她一程。

——奇怪，禿鷲群只在不遠處停着。

動也不動。

四下一片詭異的寧靜。

禿鷲天賦靈性，分得出病重、傷重，更了解死亡。牠們嗅到一切負能量的「氣」：霉氣、晦氣、病氣、敗氣、死氣……但只消一息尚存，就沒喪命。這女子仍未「正式」成為屍體。

古人有所謂屍變，指死屍受了某些外間因素突然坐起，復活了——其實只不過憋住最後一口氣，但無人發覺，探不到鼻息，撫着驟冷的身軀哀哭……

也有些故事，大型肺炎瘟疫鋪天蓋地肆虐，當局束手無策封鎖一切。殯儀館火葬場流傳，還未真正咽氣的重病患者，被送去火化，焚屍爐中不時傳出哀嚎慘叫。殯儀館為應付急需，高薪招工，條件是「膽子大，不怕鬼」，其實那些不是鬼，是沒死去的人，人間地獄更恐怖……有科學解釋開脫的：屍體被焚燒火化時，因肌肉組織劇烈變化，氣體激烈流動，會出現動作和「淒厲」叫聲云云。

禿鷲才不理什麼解釋，一個人死了嗎？可以開餐嗎？何時啄食第一口？心中有數。

對峙着……

「假死？」Ab46T問。

「是殘餘一口氣，沒有人發現。」K101P道：「聽說為情而死，尚有一句話未說出來。」

BdH3g有點不耐煩：「怎麼這些愚蠢的人，尤其是女人，那麼執着？」牠又不屑：「我們見得太多了，『情』是什麼？沒有一個人能為情快樂至死，總是變質變壞，最終潰爛，我們不理這些低級的虛擬物，只有肉體最踏實。」

禿鷲待餐期間，你一言我一語，「禿鷲會」這神秘組織，位位見盡世面，再也不相信「人心」。

——心是美味可口的？不，眼珠才是。

牠們恪守原則，只吃死人血肉，保持一線距離，不會壞了規矩。

L748m：「等她真正死心真正氣絕才行！她不死心，餓死我們！」

還是要等。

「記得有張轟動世界的照片嗎？」

「哦，《飢餓的蘇丹》——"The vulture and the little girl"。」

禿鷲一族都曉得，還常竊笑。

1993年，蘇丹戰亂頻繁，更發生大饑荒，哀鴻遍野。兩名攝影記者乘小型飛機，往蘇丹南部拍攝內戰及餓殍的悲慘情況。其中一位凱文卡特聽得一聲微弱哭泣，一名瘦骨嶙峋奄奄一息的裸體小女孩，在貧瘠蒼涼的乾旱大地，緩緩向一公里外的食品發放中心——爬——行。她一步一頓蹣跚迷茫，正當此際，身後，有一隻禿鷲，悄然無聲，「虎視眈眈」，等待女

孩的死亡，飽餐一頓……

這照片定格，讓把版權售予美國《紐約時報》及後全球轉載的凱文卡特聲名大噪——但，也令他成為33歲的屍體……

為了這機緣巧合又震撼人心的，禿鷲和皮包骨餓童的照片，凱文卡特靜靜的在那兒等了20分鐘，並選好角度——這是三方在「等」的緊張時刻？是等死！

拍攝完畢，小女孩仍未餓死，仍蹣跚爬行。雖然凱文卡特事後表示，他趕走了禿鷲，也給了小女孩水和乾糧，並因想起自己的女兒而放聲慟哭……

他得到名利，也受盡批評，沒放下攝影機即時援助，卻眼睜睜地等待一幀冷酷「佳作」——一年後，凱文卡特因眾人攻訐和自身難關，孤獨自殺，終年33。

BdH3g冷笑：「人類不是冷酷，只是無知。低估了道德，高估了商業價值——對我們禿鷲，仍是無從了解。」

「當然，我們也不需要他們了解——他們連自己也不了解。」

禿鷲群起揶揄：「低等動物！」

正說着——OK了！

天葬台上那少女終於氣絕，終於成為真正的屍體，成為禿鷲的午餐，不，晚餐了。

總之，生死之間只是「一口氣」。

「開動！」那發號施令的L748m也算是頭目，那麼美味的眼珠這回自然歸牠所享。

「都是你精明、準確，值得的！」一眾奉承。

豬牛羊魚的眼睛大，稱「眼球」，人的眼睛相對小，稱「眼珠」。球

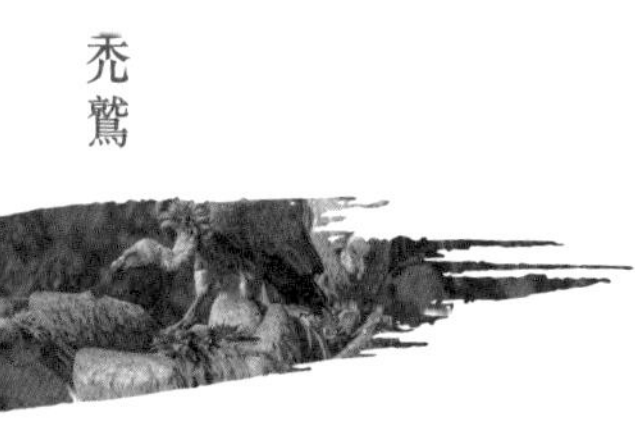

和珠都是圓形的，但一個生物只得兩個眼睛，很珍貴。

人的眼珠雖小，但它是靈魂的核心，帶着神聖又腐敗的異香，也有殘留的鹹味，是眼淚抑或渴望？不知道。禿鷲愛它潤滑的口感，軟Q的膠原蛋白，水晶體像果凍，啄食後在嘴裏爆漿，腐水急濺，一口一個，快速的享受，只有老饕才懂……

「唔，這個女子也算長得漂亮——」

「屍體吧了，一切都成過去，還談什麼漂亮不漂亮？」L748m 接連「索——索——」兩聲，把眼珠的精華盡收肚腹，才不理其他禿鷲的回應。

反正這回牠得勢，因為有任務。

其實「禿鷲會」每個成員都有任務，政治或是經濟、交通或是教育、金融或是法治……破壞一切收拾一切「完善」一切統治一切的組織任務。

牠們問：「你這兩天飛哪去？」

「去一個將會發生重大交通事故，列車出軌、追撞，超過50人死亡數百人受傷的現場。」

「將會？」

「是的。」牠道：「我到了，就『將會』。」

新聞也將會報導，是台灣花蓮的太魯閣……這樁慘劇，當然有很奇怪、詭異、疑點重重、冷血鋪排的背景，「意外」真的是意外嗎？

世界上不少「意外」，也真的是意外嗎？或是陰謀、諜戰、手段？培訓？那麼多斷頭、殘肢、腦漿、血污……黑暗之後迎來光明？「禿鷲會」的任務豈是一般蠢人明白的？這只是其中一項而已。

「對了，」J23WZ邊吃腐肉邊問：「cd55s不是你同一戰線吧？」

——怎會？分工都很精準。

cd55s早就到了美國。

在幕後默默操控全世界的多個（十多個、廿多個）神秘組織，各自瓜分了地盤和利益，最後必會互相吞併、吞噬。

美國總統拜登身後，不也有一雙禿鷲的眼睛，深沉但喜悅地注視着這老人家嗎？

「禿鷲會」成員有多種慣用的方式……

牠們一一以血肉漿髓營養成長，當然超越凡人——不是模仿，而是超越。牠們可以現有軀體「直接亮相」，也可以「化身」、「附身」、「奪舍」……

化作你我不提防又不覺察的同類；邪惡的靈魂附在某個人體行事；或遷移佔有一個個體，奪去其「家」以延續生命，進行各種勾當……

這些手法，或者手段，已是各神秘組織慣用的，也絕對奏效。大家懵然不知？但著書、發言、演講、接受訪問的前瞻者，不都一一把疑慮公告嗎？只是人類不肯、也不願面對。

草木皆兵。草木皆禿鷲。

說是「劣幣驅逐良幣」？牠們自詡「良幣驅逐劣幣」呢，以完善世界規律和制度，邪惡的靈魂全都以此口號作包裝。

所以大家看到世界最強國，美國總統拜登不斷展示他的「老人認知障礙症」狀況，他沒有「癡呆」，但常「失智」。

正如一般78歲老人，上落樓梯可以連仆3次，場面尷尬？不止，即使在平整地面，若無欄杆扶手，也必須步步為營地走着，遲到早退，不知下一步要到哪？

他們總是問：「這些文件送到什麼地方去？」、「我究竟在那裏？」、「待會兒該做什麼？」、「不知你說啥但你說的很對！」、「管理這機構的傢伙是誰？」、「我是誰？」、「你是誰？」……迷茫慌張而且退化得

充滿童趣。

副總統賀錦麗被拜登改稱「總統」，失智嗎？失言嗎？但，身後這女子眉開眼笑，而且早已進行「聯名」及「並肩」行動，旁觀他一步一步走進她及幕後組織的掌心——她每次握手，都乘機叩一下他脈門，他脈搏的跳動正是一個倒數的時鐘……

cd55s 不負組織厚望。

世事難料。

「cd55s 在步向死亡倒數中的失勢總統身後，說不定又有另一位，在牠身後守候呢。」

禿鷲們也深諳遊戲規則，這是個互相推崇但又互不信任的世界。

「對呀，還有 G89rn、Qa12x……」

而這些什麼 J23wz、Ab46T、K101P、BdH3g、L748m……均非獨立思

考，全屬忠誠聽令的會員，沒有自我。「忠誠」，盡心竭力，不辨是非，不分黑白，跪伏聖旨，唯命是從。

「我也希望組織早日派下任務，可以旅行又可以嚐鮮。」

「飄洋過海，轉瞬即達。」

展翅高飛，離開西藏天葬台，飛往全球天葬台：五大洋、七大洲、197國，什麼美、英、法、德、日、加、俄、意、巴、澳、紐、印、兩伊……

「別忘了中國！」

「早已有同僚日夜眈視好久了，掌權者與為虎作倀者，身後全有一隻又一隻禿鷲。」

禿鷲不但把所有死者的良心吃掉，也把自己的良心吃掉，才無後顧之憂，更澄明，更靈敏，對霉氣、晦氣、病氣、敗氣、死氣，一嗅即知。

世上只要有死人，和將死的人，就一定有禿鷲相伺。

小城香港？當然有！看那些廢物廢柴、奴才、奴才的奴才、奴才的奴才的奴才……嘴臉多麼猙獰陰毒，便知已是另外的物體了。

而每個香港人身後也有一隻禿鷲。當他們無力爬行，整個世界亦一如荒漠，總也盼望有一點令人振奮的團結：「正邪不兩立」是艱辛的、漫長的路，但若不堅守良知和原則，只淪為高級禽畜而已——人是人，鳥是鳥，永不同路。

失禁

阿武決定搬屋了。

他原本住劏房，環境惡劣但也算有瓦遮頭，平日開工後，到麥記或商場涼冷氣，夜了才回家，因為慳電只開風扇，近廁所氣味難聞，每個夏天就此熬過——但疫情下更難熬，廁所反而可以「唞氣」。

劏房的租金又加了，$6~7,000，疫情大爆發，人人躲在房中不外出，更無商量餘地。

想不到他竟找到一間，私樓還平過劏房？

經紀也不轉彎抹角了：

「陳生，單位細，唐樓5樓冇轆，當然不能收得貴。但業主咁平租，唔多唔少有D污糟嘢，煞氣大D就頂得住。」

阿武一直認為父母改壞名，雖然出生時黑實壯健，濃眉大眼，頭又硬，跌落地也不受傷——阿武好威武，不過就快變「阿冇」，不吉利。

之所以找平租地方搬，因市道不景。他做搬運，幸好與老友夾份，一腳踢，又搬抬又開車，總算有工開，不過近幾個月營業額已跌了一半，又說疫情嚴峻連食肆堂食有禁令，死硬，大家還是省着點。

他對經紀笑道：

「我不怕鬼，只怕窮只怕餓。我有躁狂症，夠陽剛，打走唔少女同八婆外母，而家一支公冇人冇物，你同業主講，再減 $500 我就租。」

業主順攤，經紀還減了點佣，看來是急於成租。

5千幾，OK啦，咁大隻蛤乸隨街跳？阿武也不多想，總之煮到嚟就食。沒什麼家當，搬入時置了點硬件家具，天天一累便倒頭大睡。

不久之後，總是聞到尿膻，屎是臭的尿是腥的，有刺鼻阿摩尼亞味。

以為沒沖廁？沒事呀，四下還乾淨，只空氣中仍瀰漫着尿味……

他是劏房客，久經歷練也受不了。

做搬運跑江湖的阿武，當然心知不妙，但又無法探索因由。但凡屋內有怪異的膻臭味，不尋常，有「污糟嘢」。

他回小公司跟拍檔阿東聊起：

「我就不怕鬼，又沒害過人，理直氣壯，煞氣大，不過尿味好難聞，而且阿摩尼亞刺激醒神，搞到冇覺好瞓，我要睡魔唔×要尿魔！」

「咁你狂噴空氣清新劑咪得囉。」

「鬼唔知，貴呀！而家疫情，所有殺菌消毒物品都加價。」阿武道：「我揀個鬼地方，只貪佢平租，冇理由貼返去。」

他們這行總有人懂辟邪驅鬼，如東嫂之類八卦師奶，最有心得。

一於「百花齊放」，在家中佈滿天官賜福、財神、關帝、地主、紅布、桃木劍、符咒……「眾籌」而來，好流行。

再大掃除，除陰氣。滿天神佛果然夠威力，尿味消失了。

這晚幹活完畢，拎着外賣回家，這一陣食肆已無晚市宵夜堂食供應，晚晚都外賣。

唐樓5樓，爬樓梯也幾攰，收工累了只好慢走。咦？只見一路濕漉漉的，他又聞到臭羶味了。

有個年輕少女，長髮，短裙，看不清樣貌，正所謂姑娘十八無醜婦，身材幾好，食得落——如果是「人」的話。

她不是人，而且也令男人惡心卻步，性慾全失，謝晒。

少女模糊畏怯的挨在牆角，捂着小腹，站不直：

「先生——屋企太多神佛，我不敢回去——我好慘，無家可歸！」

「原來是你！」阿武怒斥：「我仲慘！你不要再來搞我，唔客氣㗎！」一瞧：「你好人好姐，污糟邋遢，仲瀨尿！」

阿武指着地上濕漉漉的尿漬：「到處遺尿好討厭，你是生累家人死累

街坊……」

見少女的亡魂羞慚地低下頭，她本已垂首以長髮遮面，現在更加抬不起頭來了。

她挨在4樓樓梯轉角。阿武到了5樓家門，回頭：「你不要跟我入屋，我用關二哥把刀劈你！」

「先生——」她囁嚅：「我生前失禁已經3年，痛苦中度過一生。我不想這樣的，我很後悔……」

又鼓起勇氣：「我不敢入屋——求你燒些成人紙尿片給我……」

「你有病嗎？」阿武忽地同情她：「我是粗魯大聲D，不過唔會恰女仔。」

「不，是我自己衰！」少女恨道：「我索K。」

她才22歲，「包尿片」已有3年。

由私影妹到援交妹到尿片妹，與索K吸毒志同道合者，沉迷在氯胺酮（小姐、K仔、K粉、K他命）的恍惚美妙辰光，好high好happy。不像海洛英、芬太尼那麼劇烈危險，索K後一兩個小時就恢復正常了，而且較便宜又易買到。官能刺激上癮了，最受害的是腎和膀胱，潰爛縮小的膀胱，可儲存尿量只及原本的1/10。每10分鐘便要小便一次。無法接客……因在單位中發出惡臭，才被發現孤單倒斃在用過的成人紙尿片及變味的食物堆中……

阿武因運輸業務認識一個「與時並進」的紙紮師傅，他做過結他、名牌手袋、吸塵機、iPhone加充電器、按摩椅……近期是口罩、消毒用品、搓手液、滴露噴霧。

「成人紙尿片？」師傅道：「暫時未有——不過呢樣正！一定有客，過幾個月就出。」

也等不到幾個月了。

阿武燒了大量金銀衣紙：「冇計了，你自己在下面買吧，最好戒埋再投胎。後生遙遙何必咁折墮？要自愛才有希望。」

亡魂拜謝，垂首冉去。地上濕濕的，終也會乾了。

吊靴鬼

一個人當黑，即使有什麼幫補，都會來晚一步，十分無奈。

郭大強就是來不及受惠的黑老闆——小食店東主也是老闆，正如臨時演員都是演員。不過他從行業茄喱啡捱出身，到開個小店十年下來，仍是敵不過社運封街、肺炎疫情的影響，生意一落千丈，熬不下去了，含淚忍痛結業。

執笠後，廚具餐具桌椅全賤賣了，政府才有什麼補貼措施，「保就業」當然沒他份，「防疫抗疫基金」亦難紓困。

「等人餓死了才遞來半塊麵包，有×用！」

郭大強45歲，當打之年也是挫折之日，再壯碩堅強也有點垂頭喪氣。不過俗謂的「一錢逼死英雄漢」，他又不致於此，老婆和剛上中一的兒子都明白，也激勵他與很多落難的香港人一起度過此關。

社會安定，才有一線生機……

夜裏他與幾個同病相憐的老友吃過飯各自散水回家。

路靜人稀，忽然感覺有點不妥。是有人躡手躡足，鬼鬼祟祟的跟在身後。

「我已夠倒楣了，還有賊仔打我主意？」他覺得人衰行路打倒褪：「誰敢郁手就同他死過！」

保持鎮定也不反應，看對方來勢。郭大強是個習武之人，食過夜粥，開店入廚掌鑊鏟火氣盛，打得兩嘴……突感脖子耳畔有人在呼氣，他一停步想回頭，又極速閃開，地上沒半個人影。

他不動聲色繼續前行，誰知後面仍死咬不放，伺機再來騷擾。大強練過功夫，猛然整個身體回轉，對方措手不及被逮個正着，猥瑣瘦小的他慌張不忿：「有冇搞錯！」

「喂，你究竟想點？」

「關你咩事？」

「你跟足我九條街，唔關我事關邊個事？吊靴鬼咁，博乜×嘢？」

對方涎着臉：「我就是一隻吊靴鬼！」

郭大強瞅着這個形容猥瑣兲挑鬼命的鬼崇「跟蹤者」。

五大三粗的廚子，即使是個執笠的小老闆，他有一口氣，有一分希望，不認命，就比什麼都強。且眼前這人竟然自認是鬼？看來是靠嚇。郭緊抓他衣領不讓走。

「你分明就是個冇錢上電的道友，面青唇白手騰腳震，還說自己是鬼？想來打劫？你慳D！」

「大佬，我真是一隻吊靴鬼。」他道：「我專門揀些時運低的人來跟，吊在身後，乘機吸些陽氣增能量延續鬼命。你高抬貴手放過我吧，我只不過為『抽水』，沒能力害人的。」

原來吊靴鬼趁月黑風高夜靜無人，跟到當黑目標死咬不放，人有「三把火」：肩上兩盞燈，額頭一點光。如運滯烏雲蓋頂印堂發黑，只消失驚無神拍一拍肩膊，他一回頭燈滅了——沒有三把火，鬼就得米。

吊靴鬼認栽：「都是一時判斷錯誤，以為『大強』是『小強』，沒想到你命硬。」

郭大強食夜粥習武，師傅教過他們：「狼多疑善忌，心懷不軌，所以牠們回頭時，是身體不動而頭臉可以180度向後，是謂『狼顧』之相，不正路，三國時司馬懿就是如此。」

識功夫的人，都習慣光明正大全身面向對手交鋒，不作狼顧也不做背後暗算的跟尾狗。

「你放過我啦，我會即刻躲到冇雷公咁遠！」

「精神D！茄喱啡鬼也是鬼，做鬼做到你咁，我都打唔×落手。我一

時當黑，唔代表成世當黑——」

「是是是，祝大佬早日鴻運當頭東山再起！」說着吊靴鬼夾着尾巴逃去了。郭大強搖搖頭，走上回家之路。

——事件完了？不。吊靴鬼甲落荒而逃，卻又排回隊尾，另一隻馬上欺身上前尾隨，再等機會下手。他們不信無功而回，若乙也被甩掉，丙便無聲接替。

鬼界中，吊靴鬼無大志，擅騷擾，只圖幾口陽氣幾粒冷飯，好cheap，但數量最多。

防不勝防。

幻聽

「這是甚麼鬼地方！哪有出路？我真要死在這兒嗎？冤枉呀！要死了！救命呀！」

林曉盈在睡夢中被這呻吟聲驚醒了，一身冷汗。肯定聽得清楚，如同在她耳畔，不，是身體內某一部位發出的。是左邊！

一字一句，如泣如訴，更抱着怨氣，不甘心就此沒命。即使醒過來，仍覺餘音裊裊：「暗無天日，可怕極了，是地獄嗎？活活弄死我了？誰來救我——」

她思前想後，甚麼時候開始這詭異的事？

林曉盈在一家電訊公司門市部當推銷員，平日工作極忙，人流暢旺，一天到晚推銷家居寬頻、家居電話、優惠計劃、贈品着數……話說個不停。說的多，聽的少，如同人肉錄音機。

所以一靜下來，一切細小的聲響便容易感應。

但她根本沒時間也沒工夫到處去，這些日子不外家、公司、快餐店、家。有時同男朋友看場電影，如此而已。男友李子衡問她：

「要不要請假看醫生？」

「又沒病，看甚麼醫生？」

曉盈告訴他：「我們請病假好麻煩，公司秘書會將病假通知，透過電郵轉發到相關部門的員工和高層的，梁主任諸多留難。」

大公司不歡迎員工拿 sick leave，會用些帶點歧視的手法，警惕他們別動輒離開崗位，影響業務。

「唉，我們工作壓力好大，又要看業績，又不准生病。」

「會不會因為工作壓力太大，才產生幻聽？」

曉盈沒好氣：「我媽認為我撞邪呢！」

她出示一道「平安符」：

「看，放在枕頭下保平安。」

「靈嗎？」

——不靈。

這晚上回家洗個澡，浸泡在薰衣草香味的熱水中，正閉目好好休息一下，又來了！

「不行了，不行了，淹死我了！」

她驀地睜開眼睛，生怕出現甚麼鬼影邪靈，也聯想到鬼故事中，亡魂上了身，侵佔了當作自己的「新家」，是為「奪舍」——會是怕水更怕浸浴的鬼嗎？抑或疑心生暗鬼？

「好慘呀！」

這是當晚她聽到最後一下微弱的哀怨。還有點暈眩。

對了，最近公司門市擴充，為了不影響生意，分部通宵裝修，不管怎樣封閉，吸進的灰塵和刺鼻油漆味道還是叫人不適，一天工作下來，體質差抵抗力弱，是那些甚麼化學物質刺激神經，所以有此幻覺？

撞邪？那「邪」原來是科技和建材的副產品。現代人中毒機會太多，都不提防不自覺，所以總有莫名其妙的異象，大受困擾。

裝修過後油漆怪味散了，空氣稍為淨化，應該好起來的吧？

不過，曉盈的猜想顯然不對。因為她不但繼續聽到奇詭的聲音，左邊耳朵還有點癢。

「難道我注定葬身於此？不！就是不讓你好過，你要給我陪葬！」

她受不了，馬上伸出食指往耳朵中又掏又挖，甚麼鬼東西！她帶點負氣地用力鑽呀鑽，但摳不到，便拿出一盒小李送她的新玩意，那是最近流行的黑棉棒。本來棉棒很尋常，但這是黑色的，還有螺旋及圓形雙頭。用螺旋形那頭緩緩鑽進耳洞中，若有耳垢，沾在黑色的棉花棒上，很明顯。

拿出來的黑棉棒，如常有點白色的耳垢，也沒有其他異物，不似受傷或發炎，那麼「幻聽」是幻是真？——林曉盈會發誓：「我真的聽到！」

颱風襲港那日，上下班安排叫打工仔叫苦連天。因為風球除下兩小時內，他們得趕返公司。那日10號轉8號再到3號颱風落波，快得有點失措，交通尤其不便，她還在趕返公司途中淋了雨。

公司總有不近人情的制度，遲到得罰款，自薪金中扣除。她已比小李的公司好些了。他們是大型百貨公司，硬性規定員工在颱風過後一個半小時趕上班，即使遲到一分鐘，也一律扣勤工獎八百到一千元不等呢。

打工仔面對現實，罰則雖每家機構略有不同，說「酌情處理」，還不是一樣受剝削？

遇上「無妄之災」，她不敢不上班，找一份相同待遇的工並不容易。

在廁所中揩抹清理濕髮時，左耳忽地痛楚不堪。就像被針刺，被錐插，還有種奇怪的力量亂竄亂抓，那痛楚，一陣一陣，難熬之至，是鬼爪的作祟嗎？

她痛得眼淚也迸出來了。痛楚由左邊耳朵直竄腦袋，頭痛欲裂，再蔓延至靈魂深處——

是的，防不勝防，那索命似的聲音又來了，刹那間聽到了。極其怨毒：

「哼！又想淹死我？今時不同往日了，我不願死！不能死！你死我也未死！」

林曉盈崩潰了。向空中大聲呼喊：

「你出來！你別躲着害人，鬼鬼祟祟的，有膽現身同我講清楚，我不怕——」

話還未了，那劇痛令她的五官扭曲皺成一團，臉色蒼白，汗珠也滴下了。她痛得彎腰跪倒，一如中邪。

「嘩！林曉盈鬼上身呀！」

衝入女廁的同事都驚呼：「怎辦？請師傅還是送醫院？」

七手八腳扶起，先讓她安定坐下休息再決定吧。

梁主任雖縮骨冷酷，見此情景，當機立斷：「送醫院。別迷信！」

最方便也實際的處理法。

甚麼「師傅」？若「中邪、鬧鬼」消息傳出去，還做不做生意？

誰知送到醫院，她又不痛了，清醒了，也正常了。急症室本就「車水馬龍」人力不敷。她被安排翌日見專科醫生。

第二天上午，檢查結果令她和醫生也大吃一驚——

要知道這是農曆七月，鬼節，百鬼夜行，虛弱的人總是隨俗迷信，寧可信其有，不可信其無。

撞邪也好，遇鬼也罷，並非自招自惹，更加不是故意向靈界挑戰。一個正常凡俗的打工女郎，早出晚歸，日夜聽到恐嚇和怨咒？只盼醫生給個解釋吧。

十天了。

就是昨天淋了雨，觸怒了「它」，前所未有的劇痛折騰得靈魂深處也受不了。

男友李子衡陪她見的專科醫生，是耳鼻喉科。此時此刻，只有醫生可以信靠，「平安符」再也不靈了。

林曉盈只聽得醫生初步檢查之後，奇怪道：「咦？——有影兒！」

醫生先用普通的手電筒一照：

「不是耳垢，也不是甚麼雜物誤塞進去。」

她握着男友的手，問醫生：

「那不是妖魔鬼怪吧？它們都沒有形體，但我真的聽到——呀——現在又有聲音了，在罵我了——」

林曉盈耳畔又響起怨毒的詛咒：

「哼！找人幫手害我？你拿我沒辦法的，我出不來，你也弄不走，我就是要折磨你！」

「弄走它，弄走它！」她整個人又急又怒又恐懼，不知情者還以為是思覺失調精神出問題。

「醫生，裏頭真的有聲音！」

醫生用耳鏡作詳細檢測，一瞧，嚇了一跳——他看到綠色光芒一閃。

這發光的，是小眼睛！

再深入細察，赫然是隻小蜘蛛，牠武裝自己，怒視外界的探射燈。

「活的。」

不但活生生，還已在耳道內結起網來，作長期居留的打算。牠走不出來，也鑽不進去，只得「住下來」，以比牠更細微的東西當食物。

醫生盡量把聲音調得平和，告訴林曉盈這檢測結果，誰知她聽了，馬上伸出手指去用力掏挖：

「不可能！非要挖出來不可！」

「別！」醫生忙阻止：「你愈抓挖，牠受驚動愈往裏鑽，一使勁還傷及耳膜，若逃到深處，更難處理。」

蜘蛛得悉人類無法對付，禁不住得意洋洋：

「哈！哈！哈！」

指爪亂竄，還咬她的耳道，那刺痛又來了！她嚇得哭了。但醫生見林曉盈忍着淚給他做手勢，食指放唇上：噤聲！

他們不再對話，三人連忙筆談，完全不讓蜘蛛聽到對策。

寫道：「怎麼辦？」

「滴嬰兒油進法。」

「有效嗎？即刻隨油爬出嗎？」李子衡寫上他的疑問。

「也許刺激牠得發狂，一時死不了，又不浮現，有反效果。」

「對，會報復！」曉盈害怕。

醫生沉吟，在紙上寫：

「可以伸支微型手術鉗。」

林曉盈寫道：

「鉗不走，很惡的。」

「我安排藥水、手術應該可以。」

「必須一次過一矢中的，否則後患無窮。」她不是不擔憂的。

「你忍一忍就可以了。」

「拜託！」

由於四下悄然，沒甚麼聲音也沒甚麼動靜，蜘蛛有點不耐煩，便挑釁：「怎麼了？不敢對付我了？投鼠忌器吧！」

——忽然牠嗅到一陣刺鼻的味道，林曉盈當然也嗅到，但人是萬物之靈，沒甚麼大不了，蜘蛛再兇猛再厲害，也被滴入耳道的藥水給弄得死去活來，掙扎不絕。

牠是隻頑強又精靈的蜘蛛，在世上是個狩獵者，蒼蠅、蚊子、金龜子、小蝴蝶、毛蟲……統統是食物，只有對手誤闖牠的蜘蛛禁區，被牢牢黏上，如同網中魚兒，再也逃不掉，被牠以毒液注入，化成濃汁，再吸吮入胃，食物一個一個變成空罐頭，牠日益壯大。

只是某一天，這家公司門市擴張，部份拆卸裝修，懸在某角落的牠，完全沒有防備，誤闖這個女子的耳朵內，從此受困。

牠很冤枉！

又沒做過錯事，從未與人類作對，一不小心，神推鬼擁的便成為「囚徒」。

自那日墮入黑暗虛空，叫天不應，叫地不聞，牠亦十分悽惶。只求生本能支撐着。

蜘蛛的怨恨，一一化作林曉盈耳畔幻聽——是真不是幻。

蜘蛛被藥水毒死前，指爪微顫。牠極不忿，下毒咒：

「我一定會報仇！」

小蜘蛛雖然死掉，但還有好些「身後事」。

醫生使用顯微手術，先把牠的屍體分段取出，還得清理黏在耳畔四周，牢不可破的蜘蛛網。這絲網如爪子，緊抓耳道皮肉，為主人作最後宣洩。

林曉盈自手術室給推出來時，已是數小時之後。當她看到併合的蜘蛛，那長爪子若張開，竟有硬幣般大小。看來牠蜷縮在耳道內，也是「委屈」的。

都要成精了，只一時失足，終亦枉死。

大功告成，異物解決，林曉盈的耳朵不痛不癢，再也沒有怪聲。

李子衡還開玩笑：「一般人耳朵被異物入侵，都不過是螞蟻呀小蟲呀這些，我還是第一次看到活蜘蛛結網。」

「一身鬆晒！一天光晒！」

他倆還特地吃了頓豐盛的晚餐，慶祝「謀殺」抑或慶幸「脫難」？不管了，總算是受苦十天的解脫吧。

林曉盈回家後，好好洗個澡，又噴上了淡香水，令自己身心鬆弛，尋個好夢。

她很快入睡了。

睡得香，睡得死，昏沉不醒。

——她根本不知道，也不發覺，天花、牆邊、床頭、枕畔，有數不盡的蜘蛛，長蛇陣一樣，一隻又一隻，一隻又一隻，爬進她的耳朵、鼻孔、嘴巴……身體任何孔洞，爬進去，佔了地，結了網，從此不出來。

拚死為首領報仇……

面膜妖

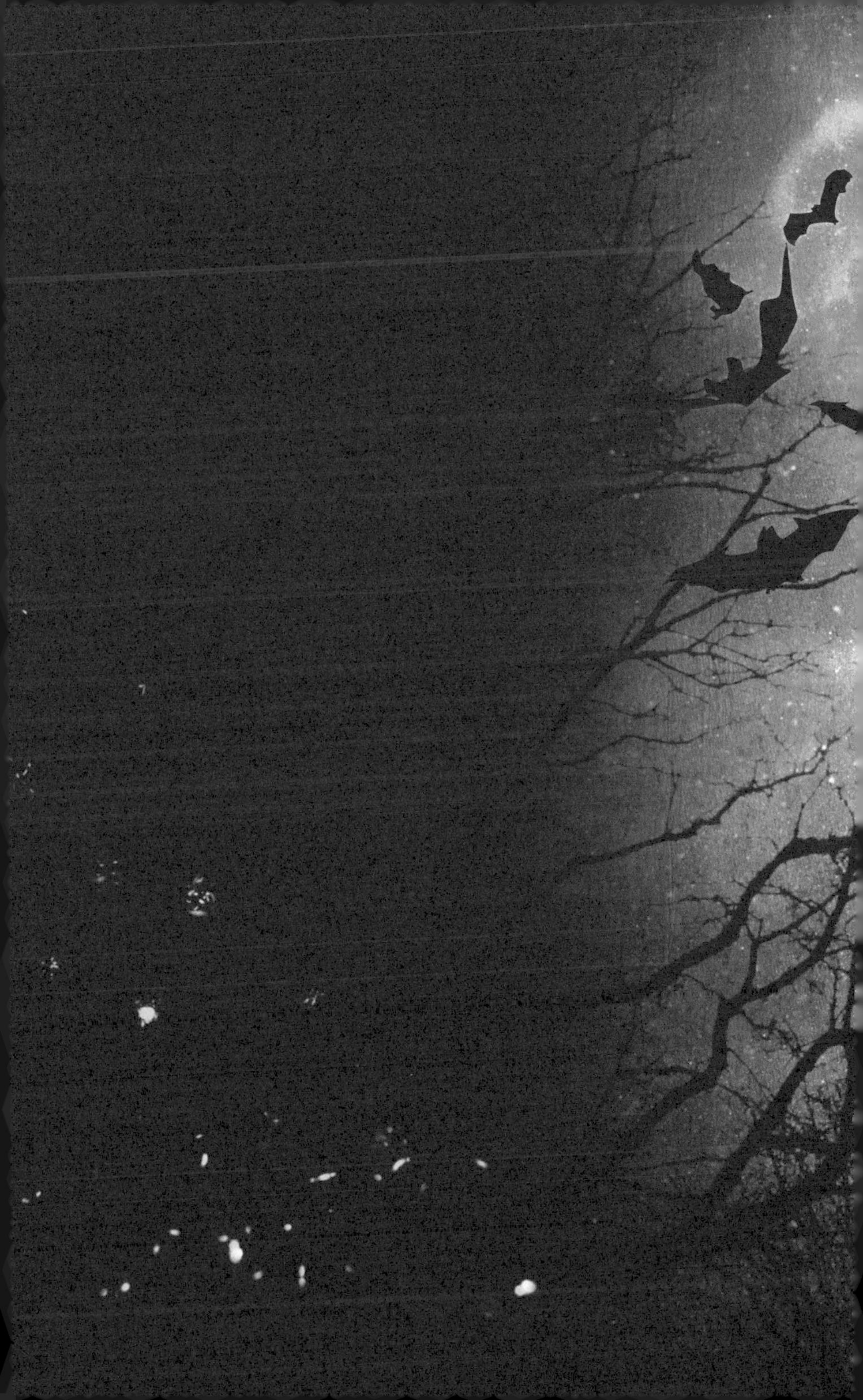

當值的警員忍着笑一邊記錄，一邊覺得荒謬。

「梁愛薇小姐，你這個 case 我們只能先備案——」

「但你們一定要幫我把那衰人捉到，拉她坐監！」

「Amy，別動氣。」梁太緊擁愛女瘦小的肩膊：「傷口又破了，看，有點滲血。」

「甚麼鬼東西！」她悻然。

警員望望對面的「報案人」，她用口罩把一張臉遮蓋住，但隱約見到一些血膿穢漬。架上大大的黑框眼鏡，只露出兩隻惶恐又憤怒的眼睛，眼神充滿不忿。

「我用了那個面膜還沒過夜——」

「是這個嗎？」

警員小心地拈起「證物」，細瞧，包裝十分精美，上面還有誘惑字句：——

「世上最完美的水解骨膠原面膜」

這面膜聲稱瑞士高級品牌，當中所含水解骨膠原和透明質酸比其他牌子多一倍，面膜加厚50%，還是4D設計。

「梁小姐，我不大懂這些女士用品，面膜也有3D、4D的嗎？」

「4D是新產品啦。」她沒好氣：「那些傳統的不夠貼面，這個掛耳式夠彈力，緊緊貼着立體凹凸位，還可向上拉升，連頸部、下巴，和耳朵後面都覆蓋到。」

愛薇說到這，更生氣：

「就因為夠貼，所有地方都被它弄到一團糟。」

說着，雖沒見到眼淚，也帶哭音：

「就是這東西，害到我那麼慘！」

照說甚麼瑞士專利配方，先進技術，全球獲獎，而「天然超微細份子、水解骨膠原、軟骨素、透明質酸、再生精華素……」又如此高科技，「抗皺、抗氧化、緊緻、柔滑、激活細胞、補水……」更令所有女生神馳嚮往，是美肌最高境界呢。

「如果在市面發售一定很貴了，要不要一二百元？」

「高級面膜賣到六百元一個也有的。」

「但，」警員道：「這個是不用錢的呀。」

「所以中招！」

梁愛薇記得那個晚上，她和朋友晚飯後，大概九時多十時，回家路上，經過一個商場，早已打烊關門了，但梯間暗角有個女子，手中拿着一疊宣傳品，經過時，女子遞給愛薇一個面膜試用裝。

「小姐，這是我們公司的新產品，已在電視和商場中大做廣告，吸引愛美又懂得照顧肌膚的客人。」

又道：「我們的宣傳試用裝已送得差不多，你真幸運，還有幾個，送你一個回去試用，保證有特別效果，可以再生。」

女人都貪便宜，不要白不要。

愛薇高興地接過，咦，包裝精美又高貴，看來不是一般cheap貨，宣傳也算大手筆。她抬頭時，女子已轉身走了，待會再把面膜給送出去，送完便收工。真勤力。

女子有點怪，看不清臉孔五官，不是無面，而是白面，就如被一張面膜嚴嚴蓋住。

當時夜了，愛薇也不為意。

女子很快消失。

她也興奮地回家，急着試用這贈品。

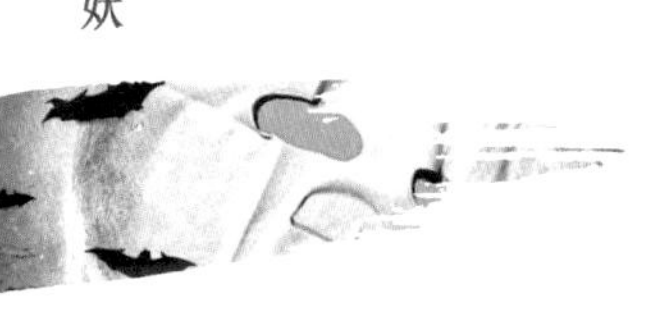

先好好地洗個澡，用洗面乳把臉部清潔，拍打後過一過冷水，柔力抹乾。展開面膜，果然好濃稠，精華液很多。把它敷上臉時，黏黏的，一陣清涼，又緊又貼，如一雙按摩的手，用心地撫慰疲憊憔悴的肌膚。

星期二做錯了一張單，被經理大罵一頓，說那銀碼她做一年不出糧也賠不起，幸好及早發現。星期三又丟失了銀包，補領身份證各證件停了信用卡辦理報失等等，已費了兩天工夫，錢銀不是身外物，肉刺不已。

打工女郎像她，算當黑了，晚飯時還是朋友同事請的客。雖然運滯，好歹也有飛來的禮物，雪中送炭，先享用了再說……

——悲劇發生了！

愛薇靜靜躺下休息，好待皮膚吸收滋潤。保養品緩緩滲入表層，促進新陳代謝，還可順便排除累積的油脂毒物，為求效果，不如敷過夜吧。

昏昏沉沉睡去，那面膜發揮作用。

不知甚麼時候，她被一陣一陣的劇痛刺激，驚醒過來。忙撕下面膜，還沒過夜，皮膚又紅又腫，不但發炎，還開始，流出黃色液體！

她大驚失色，喚醒了家人，媽媽連夜陪她找醫生，哪找得到？飛車到急症室，又不算危急，枯坐幾小時，不斷拭抹處理，不敢用甚麼藥，怕過敏，有反效果。

擾攘了好久，再找皮膚科醫生診治……

真是磨難。

但她那張臉一直沒好，本來白滑的皮膚長出大堆紅粒，化成膿瘡，看來醫療費得一大筆，才幾天就改變了自己的命運，只因為一張免費的面膜？

於是報警。

當值警員不是處理她丟失銀包和身份證那位，否則一定明白甚麼叫「福

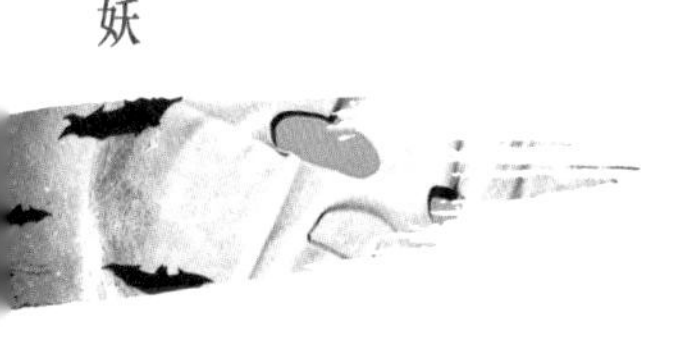

無重至禍不單行」。

「那女人害到我雞毛鴨血沒臉見人，一定要捉到，繩之以法。你們警方抓騙徒要落力些，不知往後又有誰遭殃！」

「——但，那不算『騙徒』。」警員道：「她沒收過你錢，你也沒損失，而且人家送你，可以不要，不用，隨手扔掉。你拿回去用了，有甚麼後果得自己負責。」

「嘩！我爛面呀！」

「人人膚質不同，也許你過敏，承受不到某些藥物刺激，你應該集中精力去找醫生，而不是找警方緝兇。」

分明是貪心之過。不過警員也忍住笑，正色補充：

「我們先落簿備案，有進一步消息，或再見到那個——甚麼白面人，請你與我們聯絡。」

「我一照鏡就傷心痛哭，想躲起來，還滿街跑去找白面人？」揭發了騙徒，還不大受理，難道真是貪心惹的禍？

——但，護膚美容面膜的誘惑，哪個女人受得了？哪個女人會抗拒？誰不想有張紅粉緋緋皮光肉滑的俏臉，容光煥發，顧盼生輝。人同此心。

那在街角送出禮物的女子，比任何一個人都貪：「貪靚」，才陷入萬劫不復之境地。

「好了，又找到一個冤大頭！」她在暗夜裏，帶點淒涼地竊喜：「還有兩個，我就可以再生了。」

——她失去一張臉，她「無面」見人，為了找回昔日的容顏，不得不進行這勾當。

那是另一個悲劇……

愛薇接過那塊「世上最完美」的面膜後，免費喔，貪心之餘，也相信了它的奇效，所以中招。大家以為她是活該嗎？值得同情嗎？是悲劇嗎？

她承受的「爛面」後果，只是送禮物出去那主人十份之一。

終有一日，她花了時間金錢，會治得好。

——而主人張寶妮一度沒臉見人，險些輕生送命。

誰救了她？

先道誰害了她吧。

那情況比今日的陌生人梁愛薇更糟糕，更沮喪。

張寶妮長得不錯，但皮膚一直差。她歸咎於自己的出身，爸媽開了一爿小店，賣雞蛋仔、夾餅、咖喱魚蛋、魚肉燒賣、粉果……大人一天到晚在爐火前幹活，小孩得空要幫忙生計。她是這樣長大的。

到出來工作了，還隱約覺得自己「粗糙」。

「身上好像還有陣咖喱味。」

掙到錢了，盡快脫離那侵蝕皮膚的空氣。給了父母點家用，她大部份工資用來交租和扮靚，以免男朋友揶揄嫌棄。

每日塗多種護膚品，有樣本有贈品，也有花錢買的。非得把過去未達標的容貌給找回來，把男友牢牢箍緊。

「愛美沒有錯。」寶妮意志堅定：「貪靚是女人天性。」

她每天把日霜、夜霜、精華素、淨白凝露、緊緻美容液、防曬護膚品……全塗擦上臉，為追求白滑透紅的肌膚，不惜把名貴面膜敷過夜，以為效果更佳。

不知如何，她中招了。

「勇於」相信一切堂皇而漂亮的宣傳句語，嘗試當美白奇效的白老鼠，但太過份了，弄巧反拙。

肌膚負荷不了，起初發炎、紅腫、長瘡、流膿。病情嚴重，她還「急救」，加深破壞，一些面膜含過量防腐劑、雙氧水、漂白水、類固醇、果酸、水楊酸，刺激皮膚還潰爛脫皮。

最可怕的，有含水銀、鉛、砷、重金屬……實在酷刑！皮膚竟出現火燒火燎的「毀容」情狀，還現出色斑滲出血膿，「爛面」是個忌諱詞，心靈大受創傷。

又傷又痛不敢見人。口罩、太陽眼鏡、帽子、圍巾……漸不管用。更不敢見男友。

本來就自卑，但覺條件已差還自取其辱，失戀就失戀吧，幾乎也不想做人。做人最重一張臉，為面子也為容顏。偷生苟活多痛苦。

「難道我以後就這樣過着黑暗的日子嗎？」

辭工了，分手了，失蹤了。自己搬出來住，一兩個月沒通訊，家人也不以為意，沒當她失蹤少女辦。

但張寶妮自困在這小小的房間，關了燈，窗帘全拉上，也不敢照鏡子，生怕把自己嚇壞。

這真是個漆黑無底的深洞。甚麼時候可逃出生天？

在最絕望的一刻，不如吞下這瓶安眠藥……

她來了！

「寶妮，寶妮，你想不想找回自己的臉？再生做人？」

「再生？」

張寶妮想到，自己真是活死人了，「再生」是個最恰當的期望。

循聲音來源，黑暗中只見一個白面影兒。

那白，很突出。

「你是誰？你是鬼嗎？」

「不，我是來拯救世上愛美女人的，我是面膜妖。」

「妖？難道就是你害我？」

「現在我來救你呀。」她笑：「爛面多難受，不容於世，沒臉見人，那一天到晚敷在臉上的面膜，沒有脫下來的機會，你也想找回一張略有瑕疵，但真實、正常、乾淨、舒服的臉吧。我同你一樣——」

「我同你不一樣！」寶妮道：「我是人，你是妖！」

「當你躲在黑暗中屈辱中做人，同妖有甚麼分別呢？」

面膜妖安慰她：「你去『散袞』吧。」

散袞？

寶妮鬱悶：

「我已夠衰了，但自己中招自己受，怎麼散呢？散了又有甚麼好處呢？」

「中國古老風俗，如果撞邪、遇鬼、運滯、當黑，就在月黑風高的晚上，把衰氣分給十個陌生人——」

「算了吧，人家明知是衰氣，又怎會接收呢？」

「所以聰明的老百姓，就想到用紅封包來吸引了。『利是』紅彤彤，喜氣洋洋，而且摸上去還『有餡』，是意外之財也是一點收益，人人貪小便宜，不要白不要，當接過利是，用了，便間接承受了部份衰氣。」

「為甚麼要散給十個人？」寶妮不明白：「一次過找一個人不更省事嗎？」

「你這就不對了。」面膜妖還義正詞嚴教訓她：「你也沒死怎找替死鬼？而且這樣太不人道了。」

分散出去，十個人中招，接收十份之一的衰氣，不致命，但換得一些白滑美肌，一份一份的給「贖回」來了。

對，冤大頭雖貪，毋須太重手，費點勁「散衰」吧——原來這也好算「人道」？真是妖言惑眾！

張寶妮意動了，別無他法了，這是目下唯一的「急救」良方。

「但這些替身形式的人如何找到？如何説服？」

「不用找，她們會心甘情願自投羅網的——只要我們包裝得好。」

面膜妖取出一個精美的盒子，裏頭有一疊十份充滿誘惑的名貴面膜。

「你看，多吸引：魚子、珍珠、燕窩、人參加當歸、蝸牛活性因子、蟲草、納米膠原蛋白加透明質酸、金箔，鑽石微因子、白玉粉，全是都市女郎夢寐以求的珍品。」

只消用些甜言蜜語如「抗皺、抗氧化、去斑、淨白、緊緻、柔滑、激活細胞、補水、美肌……」等來相送，何須説服？已慷慨就義了。

「『再生』奇效。」面膜妖一笑：「只適用在你的身上呢！」

就這樣，張寶妮搖身變成同她一模一樣的面膜妖，在暗黑街角梯間，看到誰就是誰，把「試用裝」宣傳品送出去——幾乎沒一個女人會拒絕。

梁愛薇是其中之一，也付出了一點代價，好使寶妮一天一天的集合起來，回復自己原來的臉，再生做人。

「誰也不認得誰，頭也不回，不易找你晦氣，只能憤怒、怨恨、認命，一切無從追究。」

張寶妮打發了八個人，散出八份衰氣了。

還有兩張面膜。咦，前面來了一個憔悴中女，她們最需要名貴面膜了，好，就是她……

未經預約

金桥

她在醫務所門外，發現這輛車子。

當晚揚長而去的車子，車牌大概是「？K？692」，雖然部份看不清楚，但是這個了！顏色也對，深灰——她化灰也認得。肯定是。

終於找到了。

之後，便得找出它的主人。

端詳一下玻璃門上的告示，應診時間是「10:30—24:00」，看來醫生是個工作狂，也許是掙錢狂。

有他的簡歷：「1999年醫學院畢業」。應在三十出頭的黃金歲月。人人都有他的黃金歲月……何慧欣臉色一沉。

鍾展國醫生的醫療服務範圍很廣，包括「全身檢查、疫苗注射、外科小手術、驗血、**X**光心電圖、血壓高、糖尿病、脱髮、哮喘霧化治療、驗孕、通經……」但最擅長診治心臟疾病。

何慧欣推門。

抬頭一瞧，大鐘時間是「23:55」，她的「時間」。

「醫生還沒下班吧？」她問：「門外車子是他的嗎？」

「對呀。」護士問：「小姐你有預約嗎？」

「沒有。」她道。心想：「死神也不曾跟我預約——」

護士道：「現在還有病人。你可以看病，超時少許不要緊。他晚晚都不準時收工的。」

生意滔滔？

太不公平了。

「請先填表登記。」

她寫下了。「何慧欣、廿二歲、地址……電話……」

「身份證。」

「哎真失魂，匆忙間漏了帶——」

找了找，哦，有的，有身份證，忙拎出來。幸好他們周到。

「你甚麼地方不舒服？有發熱嗎？」

「心跳一下子加速，呼吸有點困難——現在好些了，不過一定得看醫生才放心。」

「也對，鍾醫生是心臟科的高手。」護士笑：「即使心不跳了，他也有辦法。」

「是嗎？」她淡然：「有這個先例嗎？」

「有呀——」

此時上一位病人出來了，護士忙看藥單和病歷。又把何慧欣的登記表病歷卡送進去。

快了，就快可以見到這個人了！

她記得那個晚上，急症室的當值醫生是這樣同她媽媽説的：

「猝死的事件，近年常有發生。因心臟驟停引起，沒有任何準備。大部份是血液不能流到心臟肌肉，導致病人心律失常，足以在數分鐘內暴斃。死亡時間是晚上十一時五十五分。」

「但……欣欣才廿二歲，又不抽煙又不喝酒……身體很健康……」媽媽號啕大哭，悲痛欲絕：「才剛剛開始工作，連男朋友也未有……甚至沒有『明天』。

醫生安慰她：

「可能患有隱性心臟病或先天心律不正，才因失救致死。你們沒發覺，不知道……」

媽媽沒聽完死因報告，已經昏過去。

出殯那天，連殯儀館中的職員和堂倌，也有點惋惜。綺年玉貌的少

女，就這樣猝死在午夜街頭。父母家人，同學們同事們都不信，捨不得，哭得十分傷心。

青春的喪禮，燒衣紙紮品是高清電視、最新型號電腦、手機、漢堡包薯條可樂、身份證護照、環遊世界的機票、各國貨幣、劉翔的跨欄奪金照片、遊艇、化妝品、四季時裝、波鞋……還有一座桑拿浴室。因為她愛焗桑拿。

儀式中，還不惜準備全套的打齋紙紮，不管是否用得着，沒問過當事人，千百年來，一番心意：——

仙鶴柳旛一套　正薦牌位一個　附薦牌位一個　沐浴房一個　望鄉台一個　金橋一度　銀橋一度　橋燈兩枝　橋公兩名　紅大槓兩個　全衣一盆　金山一座　銀山一座　紅旛一支　白旛一支　文明轎一頂　轎伕兩名　洋樓一座　花園一個　夾萬一個　娣仔一名　妹仔一名

火光熊熊中，陰陽永隔。

那晚，與同事阿咪、露露等人開完會，累得很。如常去桑拿和按摩，紓緩一下。

開開心心出來後，她倆趕搭地鐵。三人分手，何慧欣在附近截輛的士回家。等了一陣……

——驀地駛過一輛深灰色的車子。

超速，在寂靜的街道上風馳電掣。

向她衝來。眼看要出車禍了，她驚恐得手足無措，心臟狂跳，像自咽喉蹦出來。腦袋一片空白，僵立着——

那冷血無良的夜車完全沒有煞停的意思，在她身邊猛擦一下，又箭一般遠去。魄散魂離的她，只看到車牌是「?K?692」。

「砰！」

支撐不住急變，整個人重重摔倒在地，無法起來。從此不再起來，心跳停了。她沒有瞑目。

阿咪和露露在靈堂上哭得最悽厲，她們自責：

「會不會因為焗桑拿，令她血壓提高，心跳不正常？——都是我們不好，害了欣欣！」

不是桑拿，也不是隱疾。但靜夜中完全沒有目擊證人，除了自己，根本無人知悉死因。她是受驚過度而猝死的。

你們會認為一切只是「意外」，但一個含冤莫白地撒手塵寰的亡魂，永遠不甘心！

是那輛車子的主人，害她一命。

懷着怨恨——

年輕的生命結束了。充滿彈性溫香的肉體化成灰燼。

火化後，靈灰閣仍未有位，需等大半年。家人把骨灰寄存在長生店，等待安排。親友可於任何日子朝九晚五，帶鮮花水果來拜祭。

這些暫時存放的靈位，月租由六百元到千多元不等，視位置和數字而定。

媽媽哽咽：

「只得欣欣一個女兒，得選個好位。即使暫存，也住得安安樂樂……」

他們選了好意頭的數字：「136」，希望她來世三三不盡六六無窮，別像此生一樣，天妒紅顏，鮮花早凋，一下子到了盡頭。

長生店方面為她挑個良辰吉日，把骨灰安放——因為還不是正式的靈位，所以骨灰用一個膠袋裝好，外頭掛了名字牌。暫時整袋放進骨灰盅內。

負責的職員陳小姐告知：「不拆膠袋為了安全。萬一出意外，那個盅裂了碎了，骨灰也完整一袋，不會灑了一地。」

又道：

「到靈灰閣永久靈位定好了，請師傅開光才——」

話還未了，那個月白色的骨灰盅，竟然在她手中無端迸裂！

所有人嚇得目瞪口呆。

「欣欣不肯走！她不肯走！」

在家人吃驚又悲痛的哭聲和私語中，何慧欣十分明白：不把仇人揪出來報復，她怎麼走得甘心？

「何太，」陳小姐雙手僵硬勉定心神：「看來要為她打一堂齋超度了。」

不！

誰也超度不了。

她今晚已經找到他！

「冤有頭，債有主。」何慧欣心想：「世事必有因果報應。你讓我受驚暴斃，難道我不可以把你嚇死嗎？噹噹心跳忽然停止的滋味吧！」

上一位病人是個老婆婆，自己已是打烊前最後一個了，下手很方便。

正準備推門內進，只聽得在交費時，護士說：

「阿婆你有長者卡，我們醫生優惠老人家，七折收費，診金連兩日藥，收一百四十元。」

「呀，鍾醫生真好！」阿婆感激不已：「祝他身體健康！」

「醫生當然要身體健康，否則怎可為你們診症？」

何慧欣對面的鍾展國醫生，卅出頭，長得斯文俊朗，戴着一副黑框眼鏡，看來沉實可靠。

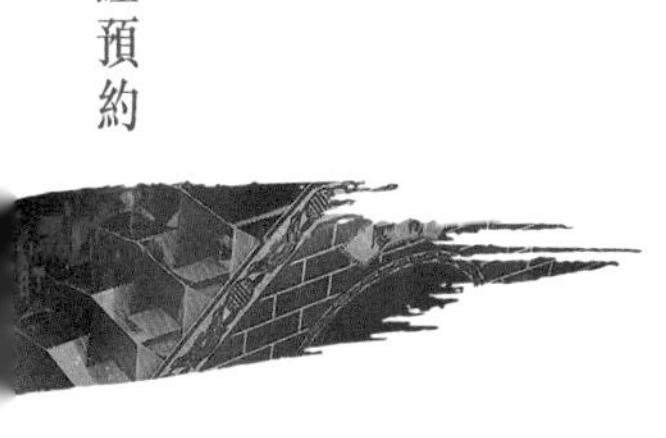

他問：

「小姐，你甚麼地方不舒服？」

「心。」

「是跳得急？跳得弱？有沒有痛楚？」

「是心忽然不跳了。」

「哦，」醫生微笑：「不要緊張，不要杞人憂天，我盡量幫你。」

透過聽筒，她心跳真的很弱。

「脈弱，奇怪。之前有過甚麼病？」

「一直很健康。」

「別自以為是，還是檢查一下吧。」

一看時鐘，已過子夜。

何慧欣道：

「已到下班時間，不如明天才作詳細檢查吧。」

「心臟病可大可小。」

「咦？」何慧欣瞥到桌上有個水果籃，還有張A4那麼大的感謝卡：

「這是你的禮物嗎？」

「對，病人康復後送來的。」

看下款：「譚曉東」。

「怎麼用粉紅色卡片？」

「像個男性名字吧？其實是個女的。」

「哦。」

「她也是心臟出問題。在朋友家過生日，忽然呼吸急促，朋友找到我的卡片，那晚還飛車去作些急救。當然最後得送醫院，但我還是幫到一點忙，否則人很容易便猝死。」

「哪一晚？」莫非是自己那晚？

「忘了日期。」醫生道：「個多月前吧。」

又強調：

「所以你不能忽視，只怕有隱性疾病。」

他按鈴：「林姑娘，為她量量血壓——」

轉過身來抬頭一看，對面的病人走了。

「林姑娘，病人呢？」

「不見她。」護士笑：「一聽要檢查，怕得走了？諱疾忌醫？」

掛號處放下兩張百元鈔票。

「還沒開藥呢。」

何慧欣「錢」太多了。家人親友希望她在陰間可以過富裕充足的生活，補償現世來不及的享受，都燒了大量各國貨幣：美元、歐元、加幣、澳幣、紐幣、日圓、人民幣、港幣……很多的錢，很短的生命，一腔怨恨——

不過，她對仇人的怨恨，似乎略有改變。

那輛深灰色黑夜中飛馳的車子，奪她一命的驚嚇，主人卻不如她一直深惡痛絕那麼壞——他甚至還是救急扶危的好醫生？他為了一個病人，忘記自己下班時間，沒想到一回夜診，令陌生路人心臟驟停？也許這是天意，也是不幸，她只是在電光石火間，錯認了無心的「兇手」。那個車牌決非線索，還誤導了復仇的鬼。

第二個晚上，她又來了。

先向護士道歉，再向醫生報告：

「我昨晚好了一點，所以不等你們檢查。而且我擔心費用高，一時帶不夠錢。」

「別擔心。」鍾展國安慰她：「看來你剛出來工作不久，醫藥費得花上一筆。不過你臉色蒼白，指甲也帶灰，還有黑眼圈，加上上回的心跳狀況，有病還是詳細檢查好些。」

她瞅瞅牆上那張表：

「心電圖
全血計數
血球沉降率
血糖
膽固醇
腎臟功能
肺部**X**光檢查
乙型肝炎菌

肝臟功能
尿液常規檢查
糞便常規檢查
隱血化驗（大便潛血）
血型檢查
恆河猴因子
痛風檢查
……」

足足十多廿項。看，這便是一般生命有限的臭皮囊，日夕擔憂事宜。她早已化灰，如何應付這些煩瑣的俗務？她可交出甚麼？她連「吃喝拉撒睡」基本的功能也失去了！

醫生見她面有難色，沉吟一下：

「這樣吧，標準全身檢查不可或減，做足了，收費是$1,500，我給你打七折。」

一笑：「這是長者優惠。」

何慧欣苦笑：

「我當然是已過完一生的『長者』了。」

她忙道：

「今晚不要，十二時了。」

「你能安排早點來嗎？預約一下時間，空腹來。說是『夜診』，總不成是最夜的一個。」

又叮囑：

「我看你的內臟累極了，工作不要太辛苦，所謂『長命工夫長命做』，身體是本錢，健康最重要。」

「是的，我身體很不行。」

她想：「是長命工夫沒命做。」

「飲食方面得注意。」他體貼地：「我有個習慣，盡量在晚上七時或八時前吃好了，之後不再吃難消化的肉，更不吃消夜。若肚子餓，便吃一個蘋果，這樣腸胃可以減輕負擔。看，這個東東送來的果籃，大部份是蘋果。」

他信手取一個，遞給何慧欣。

她接過了。

這個蘋果又紅、又甜、又香、又重。

第三、四晚她按捺住不來。

第五、六晚……

她甚麼地方也不去，只在人間徜徉，飄盪着，企盼着每隔數日來聊天、談心事、看醫生——夜診，成為她唯一的精神寄託。鍾展國醫務所，已是她在陽間唯一去處。

不知不覺間，她又來了。

為甚麼？

為甚麼換了醫生的名字？

——「沈志強」

「鍾醫生呢？」她追問。

護士答：「沈醫生也一樣，你是覆診吧——」

「不！」何慧欣臉色一沉：「我要見鍾醫生，我一定要鍾醫生，他到哪去？」

護士還未回答，何慧欣忽地提高嗓音：

「我是鍾醫生的病人，我只要他醫我，除了他誰也不要！」

連自己也大吃一驚——何時開始，鍾展國成為她在人間唯一「精神寄託」？這是自欺的詞兒，難道，她已戀上他？一見鍾情？化恨為愛？從來沒有過的失措，死人的心不再跳，奇怪，還是有「心跳」的激情。

「陳姑娘，請你告訴我，他到哪去？是不是以後由沈醫生代替？他……」

護士微笑：

「何小姐，鍾醫生最近接受家庭醫學專科培訓，每逢星期三上課和實習。這天由沈志強醫生負責門診。」

同事鄧姑娘道：

「很多病人都知道。也許你新來，又不是街坊，所以不清楚。」

「他會回來的？他星期四回來？只星期三不在？」

像個天真又惶惑的小女孩，生怕失去依靠，問得有點弱智似地。

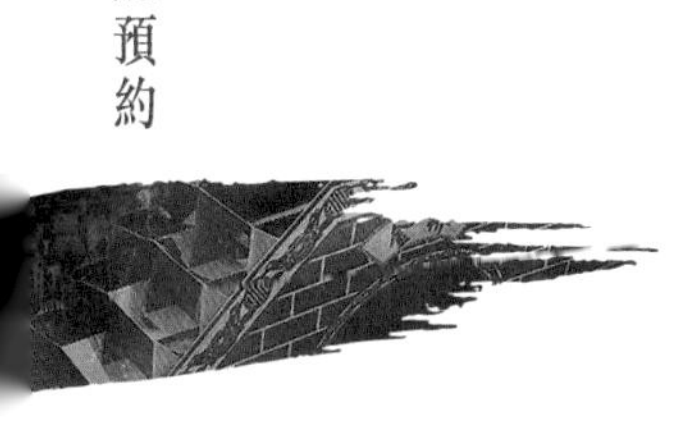

「對。」護士解釋：「培訓期間有此安排。何小姐先掛號，沈醫生也是心臟專科。」

「我已好了點。」何慧欣回復正常，放心了：「下次再來吧。不急。」強調：

「除了星期三，對嗎？」

剛想出門，又回過頭來，閒聊：

「鍾醫生那麼忙，門診時間又長，他女朋友沒抱怨嗎？」

「這是醫生的私隱呢。」兩位護士相視會心。

「唔，我隨口問問吧。」

護士大概心知肚明，這種情形並非第一次了。陳姑娘在醫務所工作了三年半，鍾醫生確是「極品」，連她自己也一度心猿意馬。

過來人，怎會不曉得？

她饒有深意地對何慧欣道：

「幸好鍾醫生的女朋友是在美國旅行時認識的，也不是他的病人，所以沒有『犯規』。」

前半截是敘述，後半截才是重點。犯規？

「醫生有『專業守則』，規定不能與病人建立任何親密關係。否則會被『釘牌』。」

還故意借題發揮：

「上回那心臟病發的女病人，感激醫生急救，出院後不斷送禮物來，還約晚飯。醫生只肯收一個水果籃，後來把她轉介給另一位醫生。」

何慧欣記得，是喚「譚曉東」的病人——她還送他 A4 大的粉紅色感謝卡！

提醒得再沒更明白的了。

她淡淡一笑。不語。

只消離開現場，她一定成為護士們、藥劑師和清潔阿嬸嚼舌的「癡纏女」，她們一定在背後取笑她，揶揄她，還設計離間她，叫她死心。說不定因為妒忌！

「專業守則」？誰理會！

哼，這只不過是「人間」的規矩，甚麼醫生病人，甚麼濫用職權，甚麼追溯期三年，甚麼……一切規矩在一隻鬼身上，行不通！

她開始電話預約，等他。確定他在，才進門。

護士以奇特眼神看她一眼，進去醫生房間好一會。若無其事地招呼她：

「何小姐，請進。」

鍾醫生抬頭，如常展示關懷的微笑，為她診治。

「情況好多了，如沒有特別的不適，心跳加劇或痛楚，就——」

她生怕被拒諸門外，視同陌路，一陣慌惶，呼吸又急速了。鍾醫生一邊安慰一邊指示：

「放緩一點，對，吸——呼——吸——呼——」

「我又發病了。」

「何小姐，這樣吧，你需要多一角度診治，如果你同意，我想向你推介沈志強醫生，他有二十多年的經驗，是我學長——」

「我不同意！」

何慧欣拚盡全身力氣：

「我不要別的醫生，我只要你！」

此時房間的門適時被護士推開，她來「陪診」。

還有意無意地提醒：

「鍾醫生，後面一個 booking 因病人在銅鑼灣堵車，趕不及，臨時取消了——Connie 小姐問，如果可以提早收工，是否陪她買父親節禮物？」

「可以。」鍾醫生極其簡潔，但又正中要害的回答。

可以？那 Connie，是他女朋友？陪她買禮物？父親節？——多麼親，一家人似地。自己是誰？

是多餘的第三者。

苦苦糾纏卻連一口活氣也沒有的枉死鬼。

連交男朋友的資格也遭剝奪？

看上一個「誤殺」她的兇手，卻招來諸般阻撓、瞧不起、想方設法擺脫？醫生與護士還合謀，你一言我一語，好讓她知難而退？

人已死，心不死！

好不容易動了真情，又可經常見面，向他傾訴心事，治療心病，吃一些根本不會發揮作用的藥，但心靈充實，一天比一天喜悅，總想見到他，聽到他的聲音，吃到他送的蘋果……她又怎會「自動退出」？

她已一無所有，當然活在自己的世界中。

既已原諒他，包容他，難道不可以愛上他？短暫相聚已不滿足，他是我的獵物，任何障礙，必須鏟除！為了我的「唯一」，必須盡快得到他！必須！

這不是妄戀，也不是個虛擬錯亂、恍惚迷離之境界，這是在陽間徜徉的目的。不達目的，誓不甘休。

當何慧欣電話滋擾過十四次，又上門苦候時，鍾醫生總是出診、預約排滿、提早收工、休息、放假……他避開這個面目日漸憔悴猙獰的年輕女子，他對她沒有一絲轉圜餘地，走後門脫身。如此決絕，才可免除不必要的後患。

她開始等他下班、跟蹤他、在陰暗角落盡情任性地看他，還有他的女朋友，說七八時之後不進食？他陪她吃台灣清粥小菜呢……妒火中燒！不能無止境地旁觀了，相思煎熬比心臟病還要痛。還是付諸行動，掠奪過來，大家一起在陰間成為一對吧。

十二時正，24:00。

醫務所打烊，燈一一熄滅。人人下班，都累得回家倒頭大睡。

無家無主的孤魂，何慧欣倚在鍾展國那深灰色車子旁。就是這輛車——奪命工具，也是成就因緣的紅娘。

她將會編個藉口，裝作病發，生死一線，求他送她一程。上車後，二人困囿的空間，他逃不了。

把煞車弄壞，製造意外？展露恐怖面貌，即時嚇死？道出亡故真相，動之以情，同歸於盡，把他帶走？……

門開了。

鍾醫生出來了——

www.cosmosbooks.com.hk

天地

書　　名　黑齒
作　　者　李碧華
責任編輯　吳惠芬
裝　　幀　天地美術部
美術編輯　郭志民
出　　版　天地圖書有限公司
香港黃竹坑道46號新興工業大廈11樓（總寫字樓）
電話：2528 3671　傳真：2865 2609
香港灣仔莊士敦道30號地庫（門市部）
電話：2865 0708　傳真：2861 1541
發　　行　香港聯合書刊物流有限公司
香港新界荃灣德士古道220-248號
荃灣工業中心16樓
電話：2150 2100　傳真：2407 3062

初版日期　2021年6月・香港
（版權所有・翻印必究）
©COSMOS BOOKS LTD.2021
ISBN 978-988-8549-80-1

妖魔鬼怪 系列

某日，和尚托缽化緣，迷路了，進大宅解結界，走出一群饑渴痛苦的餓鬼，腹脹如甕缸，咽喉細如針孔，任何食物都在它們噴火的「焰口」化為灰燼。

他超度孽鏡中現形的餓鬼，卻忘了情深緣淺的17歲少主亡魂，只因相隔一道忘川，和一碗湯……

（新書）

妖魔鬼怪 ❸ 亂世小說

焰口餓鬼

李碧華

焰口餓鬼

李碧華

天地

妖魔鬼怪 系列

日本江户時代的女人，剃眉毛、擦白粉、塗紅唇、染黑齒——以鐵鏽黑漿水染在一口白牙上，否則再漂亮的貴族女子也嫁不出去。

一張嘴像墓穴也像黑洞，幸好有疫情相助，人人口罩蒙面，沒被識破。但，身處香港，異鄉飄零的四百多歲女妖，一不小心，在火災意外中現出原形……

（新書）

妖魔鬼怪 ❹ 亂世小說

黑齒

李碧華

黑齒

李碧華

天地

妖魔鬼怪 系列

妖魔鬼怪 ❶ 亂世小說

陰兵借道

李碧華

妖魔鬼怪 ❷ 亂世小說

尋找十二少

李碧華

天地

李碧華

01 雞蛋的墳墓

02 金蘋玉五郎

03 恐怖送肉糉

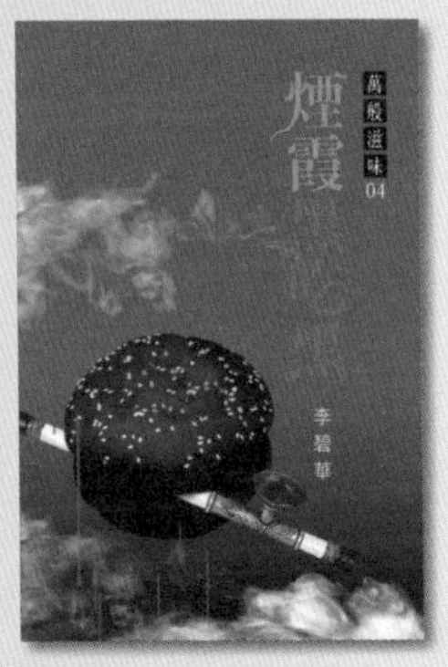

04 煙霞黑吃黑

05 青紅甜燒白

06 香橙一夜乾

07 白露憂遁草

08 九鬼貓薄荷

萬般滋味

系列

李碧華 作品

1 白開水（散文）
2 爆竹煙花（訪問遊記散文）
3 紅 塵（散文）
4 青紅皂白（散文）
5 胭脂扣（小說）
6 霸王別姬（小說）
7 色 相（一零八個女人）
8 青 蛇（小說）
9 戲 弄（散文）
10 鏡 花（散文）
11 糾 纏（小說）
12 生死橋（小說）
13 幽 會（散文）
14 白 髮（散文）
15 潘金蓮之前世今生（小說）
16 秦俑（小說）
17 綠腰（散文）
18 个体戶（散文）
19 天安門舊魄新魂（小說）
20 滿洲國妖艷——川島芳子（小說）
21 不但而且只有（散文）
22 江湖（散文）
23 變卦（散文）
24 霸王別姬新版本（小說）
25 南泉斬貓（散文）
26 好男人不過是一瓶好的驅風油（長短句）
27 恨也需要動用感情（長短句）
28 中國男人（散文）
29 水袖（散文）
30 誘僧（小說）
31 草書（散文）
32 潑墨（散文）
33 泡沫紅茶（散文）
34 蝴蝶十大罪狀（散文）
35 基情十一刀（散文）
36 吃貓的男人（小說）
37 聰明丸（長短句）
38 咳出一隻高跟鞋（散文）
39 630電車之旅（最後紀錄）
40 吃眼睛的女人（小說）
41 八十八夜（散文）
42 荔枝債（小說）
43 流星雨解毒片（小說）
44 給拉麵加一片檸檬（飲食檔案）
45 有點火（散文）
46 逆插桃花（小說）
47 女巫詞典
48 藍狐別心軟（散文）
49 橘子不要哭（散文）
50 煙花三月（紀實小說）
51 水雲散髮（飲食檔案）
52 夢之浮橋（散文）
53 礦泉水新版本（散文）
54 凌遲（小說）
55 真假美人湯（散文）
56 牡丹蜘蛛麵（飲食檔案）
57 赤狐花貓眼（小說）

58 涼風秋月夜（散文）
59 櫻桃青衣（小說）
60 如痴如醉（散文）
61 把帶血刀子包起來（散文）
62 鴉片粉圓（散文）
63 還是情願痛（散文）
64 紅袍蠍子糖（飲食檔案）
65 人盡可呼（散文）
66 新歡（小說）
67 風流花吹雪（散文）
68 餃子（小說）
69 紅耳墜（散文）
70 黑眼線（散文）
71 最後一塊菊花糕（小說）
72 蟹殼黃的痣（飲食檔案）
73 焚風一把青（飲食檔案）
74 女巫法律詞典
75 緣份透支（散文）
76 季節限定（散文）
77 給母親的短柬（博客留言結集）
78 紫禁城的女鬼（小說）
79 七滴甜水（散文）
80 一夜浮花（散文）

81 生命是個面紙盒（散文）
82 西門慶快餐（飲食檔案）
83 青黛（散文）
84 枕妖（小說）
85 歡喜就好（散文）
86 火燒愛窩窩（飲食檔案）
87 三尺三寸（散文．攝影）
88 奇幻夜（怪談精選集）
89 迷離夜（怪談精選集）
90 冷月夜（怪談精選集）
91 妖夢夜（怪談精選集）
92 幽寂夜（怪談精選集）
93 紫雨夜（怪談精選集）
94 寒星夜（怪談精選集）
95 梅花受騙了（散文．攝影）
96 未經預約（小說）
97 52號的殺氣（散文．攝影）
98 十種矛盾的快樂（散文．攝影）
99 天天都在「準備中」（散文．攝影）
100 冰蠶（小說）
101 一杯清朝的紅茶（散文）
102 細腰（散文）
103 羊眼包子（小說）

104 裸着來裸看去（散文）
105 喜材（小說）
106 虎落笛之悲鳴（散文）
107 藍蘋夜訪江青（散文）
108 烏鱧（小說）
109 離奇（小說）
110 不見了（散文）
111 雞蛋的墳墓（萬般滋味）
112 金蘋玉五郎（萬般滋味）
113 誰是前世埋你的人？（散文）
114 紅緞荷包（小說）
115 恐怖送肉欆（萬般滋味）
116 煙霞黑吃黑（萬般滋味）
117 青紅甜燒白（萬般滋味）
118 人骨琵琶啟示錄（散文）
119 香橙一夜乾（萬般滋味）
120 白露憂遁草（萬般滋味）
121 九鬼貓薄荷（萬般滋味）
122 午夜飛頭備忘錄（散文）
123 陰兵借道（小說）
124 尋找十二少（小說）
125 焰口餓鬼（小說）
126 黑齒（小說）